KB103956

사유의 시선에 맺힌 작은 이야기

덤

이더

시·산문

덤

발 행 | 2022년 08월 18일
저 자 | 이더
펴낸이 | 한건희
펴낸곳 | 주식회사 부크크
출판사등록 | 2014.07.15.(제2014-16호)
주 소 | 서울특별시 금천구 가산디지털1로 119 SK트윈타워 A동 305호
전 화 | 1670-8316
이메일 | info@bookk.co.kr

ISBN | 979-11-372-9210-9

www.bookk.co.kr

사유의 시선에 맺힌 작은 이야기

덤

이더

시·산문

목차

02 덤

03 세어 보아요

04 말이라구

05 예쁘니까 쫄레

2부 지구상의 서사는 무한하다

01 글 익는 시간

머리말

사람이 특별한 재능이 없을 때 그는 펜을 든다_ 발자크

사유의 시선에 맺힌 작은 이야기에서
압자壓榨된 시를 버무려 담는다.
보이지 않던 것을 보게 된 안목은
덤이다.

어디든 펼쳐보길 바라며
흩어진 글을 묶는다.

2022. 수레국화 필 무렵
이더

For Zolle

1부 시는 언어의 낙원이다

01 초록 자손

꽃자리

동강할미꽃
고랭이
투구꽃
여리되 여리지 않은 꼿꼿함

소신껏 씨를 털고
그제야 고개를 쉬는
꽃자리가 담담하다.

* Note
여리게 보이는 식물의
묵묵한 성실함이 경이롭다.

꽃이삭은 갈대를 키운다

바람의 통솔에
갈댓잎이
난창난창 결을 맞춘다

잎사귀 거느린
오월의 나무
팔랑팔랑
파동이 요란하다

갈밭
흐린 황톳빛 물이랑
현을 켜듯
유연하게 흔들리 돼
결코 꺾이진 않는다

다가올
풀벌레 울음 속에서
자주紫朱 꽃이삭을
틔울 것이기에

* Note
꿈은 갈대를 키운다.

풍경風磬

된바람에
산사의 풍경風磬이
잔뜩 격하다

점잖게 어르는 범종
침잠하고픈 사찰은
속수무책

풍경風磬의 심사心思에
산사가 어수선하다.

* Note
봄꽃 핀 조용한 사찰을 기대하고 올랐으나,
바람에 사방의 풍경風磬이
평정심을 놓치고 심하게
어수선한 분위기로 압도한다.

연대連帶

플라타너스
춘곤증에 뒤척여
새순이 박하다

무료한 잿빛에
철쭉의 근면한 연대連帶가

허공을 분홍 갈음옷으로
나지막이 발색하면
지나는 시선이 끄덕인다.

* Note
부족함을 순수하게 채워주는 철쭉,
협업의 정수를 보여준다.

골똘히 구상構想한다

풍성한 잎이 산을 키우면
나무는 살찐 산에 누워 구상한다

고사리 꺽 던 할머니 마당에
들마루가 될까?

잣나무 타는 시 쓰는 삼촌 방에
낮은 책상이 될까?

산 아랫마을 글 배우는 아이에
하얀 공책이 될까?

순교자인 양 꽁꽁 묶여
마지막 쓰임으로
얼어붙은 세상 온기가 될까?

다 내어주고 가는
부모 닮은 나무가
골똘히 구상한다.

* Note
재활용 꾸러미로 꽁꽁 묶여 실려 가는
모습이 애처롭다.

장미 맛집

온통 장미다
들장미
노란
순백
페티코트 입은
흐린 분홍장미

온 동네 장미 맛집은
향기만 쫓아가면 되는
쉬운 길 찾기다.

* Note
계절의 여왕이 장미를 불러 모아 미의 극치다.
다섯 걸음 걷기가 힘들 정도로 장미에 발이 묶이다.

오시는 길

앙증맞은 계란 꽃, 개망초
안데르센 애기 속, 보라 엉겅퀴
쥐똥만 한, 쥐똥나무
털모자 방울, 목수국
5월의 극치, 장미
별 내려와 앉은, 수레국화
마중 나온, 벚나무
그늘 옆
글방이 보여요.

* Note
꽃길만 걸어요.

소행성에서 온 장미

물방울무늬
빨간 비옷을 입고
검정 우산대를 짧게 잡고
모다깃비에 대항한다

협세한 비와 바람이
낮은 부위부터 맹공한다
턱
꼼짝없이 포획된다

놀란 시선이
두리번두리번
장미의 네 개의 가시 중 두 개가
우산을 뚫고 박힌다
별을 떠난
어린 왕자의 심상心想이다.

* Note
우산을 내려쓰고 비를 피해 바삐 걷던 중
갑자기 누가 잡는 것 같아 주변을 살피는데
장미 가시가 우산에 박혀 흠칫 놀란다.

바들바들 겹먹은 강아지풀

작달비에 책을 핑계로 나선다
찔레 장미
보라 꼬리풀
썸머라일락
못지않은 배포로 용케 견뎌 낸다

점잖던 여의천의 격동을
참새가 사자의 심장으로 내려다본다
바들바들
겹먹은 강아지풀의 감내를 눈에 심는다
결을 그리는 물길에
창백한 발과 젖은 신이 맹꽁맹꽁 운다
겻섬 털듯 여름이다.

* Note
젖은 발과 고무 샌들의 마찰음이 걷는 박자에
맹꽁이 울음 운다.
엄연한 여름이다.

원숭이 손을 잡고 걷다가

성난 장맛비가 물러난다.
벼르고 벼른 스프링클러의 휴식이다.

푸른들 사이사이 연두 조끼_{녹지기동단}에 챙 넓은 파란 모자 쓴
노동의 겸손이 꽃들에게 허리를 굽힌다.
붓들레아 루비 빛 꽃자루에 접을 수 없는 날개를 편 채 배
붉은 잠자리가 쉰다. 한편 둥근 나무 그네에 아웃도어, 검정
슬리퍼를 신고 젊지도 늙지도 않은 이가 몸을 구르며 '구르
는 돌에는 *이끼가 안 낀다.*' 그네의 진폭을 키워야 하는 이유
를 말한다.

야트막한 언덕 하얀 바람개비 집성촌,
아기 바람개비_{꾸벅꾸벅} 낮잠에 빠지고
어른 바람개비_{팽글팽글} 시간을 감는다.

플록스 _{흰 꽃}에 하얀 나비,
솔리다스터 _{노란 꽃}에 노랑나비
오늘만큼은 색의 질서가 정연한 꽃밭이다.
옆으로 *수업시작 2분 전* 교내 방송이
지켜야 할 규칙을 또박또박 운동장에 전한다.
가방에 달린 원숭이 손을 잡고
무해한 소식을 머릿속에 차례대로 갈무리한다.

카라카라 오렌지

꿋꿋한 과피는
오일 무두질로
둔탁하다

잔뜩 힘주어
속살을 걷으면

훈향薰香에
춤추는 취각

들숨
날숨

마른 가슴
윤이 돈다.

* Note
훌륭한 당도에 이른
오렌지의 상큼함을
기억해 주고 싶다.

바다 품은 사교적인 고사리 블루스타펀

창가, 고개를 빼고 지나는 바람에 말을 거네
'바람아, 바다 본 적 있니?'
하필 새침이에게 묻네

바람마다 말 붙이는 사교적인 고사리
바다가 궁금해
안달 나, 팔을 떠네 부들부들

별 뜨는 밤
소곤소곤 게별자리에 묻네
"뻐끔뻐끔, 은빛 고사리, 음음음
고래별자리에게 물어볼게"

구름 한 점 없는
파란 하늘을 초대할까

바람 좋아하고
바다 흠모하는
은빛 블루스타펀
널 어쩌면 좋니.

* Note
창가 블루스타편,
바닷속 미역 닮은
은빛 양색 띤
넓은 이파리
너울너울
바람에 출렁인다.

브로콜리

식물의 연단鍊鍛
푸른 극치에
달하다.

* Note
건강을 조력하는 귀여운 Tree.

모방을 싫어하는 뚱딴지

아삭한
뽀얀 속살을
독창적인 본本으로
감싸고 있다

지주地主와
타협 없이

같음을 경계하는
처음을 만든다.

* Note
돼지감자를 손질하며
각기 다른 주도적인 생김에 감탄한다.

초록 자손

매장은 분주함에 치이고
적은 대로 담은 수레는 이미 포식이다
계산대로 향하는 시멘트 바닥
위태로운 낱 잎

'밟히면 안 되는데….'
풀빛 엽록소는 신의信義를 다 할 텐데

빛 좋은 창가
눈 밟혀 거둔
듬직한 스킨답서스

확고한 믿음에
초록 자손을
순순히 내어준다.

* Note
매장 바닥에 밟히기 직전 데려온 스킨답서스 한 잎,
곳곳이 싱그럽게 새순이 기특하다.

02 덤

치유하는 방법

모서리에 긁힌 상처
얇게 연고 발라 아물게 한다
달음박질로 넘어진 무르팍
쓰라려도 소독 먼저 하고
요오드로 꾸덕꾸덕 아물게 한다

다리미 끝에 스친 화상
제법 따가워
찬물로 식히고
두텁게 화상 연고 발라
아물게 하지만
흉을 남긴다

몰래 자란 종양
노련한 의사의 메스로 제거하고
새 살이 차지만
칼이 지나간 자리에
흉터를 남긴다

영구 손상
차도의 표식이 없어
흉으로 상처를 가늠할 수 없다

다만 인정하고
충분히 위로하고
진심 한 가닥
응원 한 가닥
두 가닥 꼬아 봉합한다

스칠라
부딪칠라
금단禁斷으로 공표하고
더는 아프지 않게 살핀다.

* Note
영구 손상을 대하는 자세.

평택의 쌀농사

실리콘 모내기다
모종의 잉곳silicone ingot은
심기 적당한 웨이퍼로 편 뜬 후
쓰임을 얹고 사진으로 노랗게 기억한다
지워야 할 부분은 과감히 케미컬로 깎아낸다
반복해서 묵묵히 레이어를 쌓는다

사이사이
열 가마에 들어가 긴 산화를 거치며
그것으로 모자라
베르누이의 도움으로
가스와 플라스마의 연단을 견뎌
얇은 막을 얹고
낮고 높은 골마다
벼 이삭에 회로의 노선이 새겨진다

영근 한 톨의 쌀알에게 묻는다
노선을 기억하는지
똘똘한 녀석만 살아남아
금빛 찰기를 이어
블랙 패키지를 입고

지구 곳곳
소방차
아이의 장난감
의료기기
우주로
산업의 부른 밥이 된다.

* Note
쌀에 감사하다!
베르누이, 비행기가 뜨는 원리이기도 하고
웨이퍼를 장비 내 살짝 띄워 공정을 진행하는 과정을
빗대어 씀.

MRI 챔버오케스트라

정갈하게 새 옷을 갈아입고
자세를 공손히 하면
시작된다

콕콕콕콕 떱떱떱 잉잉힝잉
츄릅츄릅 픕픕픕 트롤 챙챙
쉼표에서 한 박자 쉬고

앵앵앵앵앵 힝힝힝잉
퍼스트 주자가 베이스를 정박으로 이끌고
세컨 주자는 얇게 리듬을 입힌다

척추에 찌릿 공명하며
정기 연주회가
클라이맥스를 향해 간다

끝나셨습니다
천천히 내려오세요
작은 생수 한 통을 비운다.

* Note
정기 건강검진을 마치고.

시향試香

서고의 시림을
시향한다

깊숙이
파고드는 시어詩語

글거리로 채집한다.

* Note
시 한 줄이
불현듯
파고들어
서고에 한참
머물게 한다.

채집

떠도는 생각을
힘껏
낚아채
정렬된 문장으로
박제한다.

* Note
글감 채집에
재미를 느낀다.

놀이 낱말

하얀 트럭이 글을 싫고 멈춘다
'꽃보다 아름다운 사람들의 도시'
문구가 눈에 띈다

졸고 있는 도로의 지루함에
문구에서 내린 낱말이 뛰논다

도시보다 아름다운 사람들의 꽃
사람보다 아름다운 도시의 꽃
아름다운 도시의 꽃보다 사람들
보다 사람다운 도시의 꽃

완상玩賞에 빠져
어느새
다 왔다.

* Note
세종대왕은 훈민정음을 널리 통용시켜
백성을 이롭게 하고자 했다.
형용사가 많은 나라,
한글의 위대함에 자부심이 느껴진다.

폐기율

글을 깎고 깎아
다듬다 보면
예민한 글자
하나
남는다.

* Note
쓰고 고치고, 쓰고 지우다.
쓰기 1%,
고치기 99% 다.

연필의 포부

연필로
꼭꼭 눌러 쓰고
고쳐 쓰고
백만 번 다시 쓰면

흑연은
금강석이 되자꾸나

압자한 글에
광채가 나자꾸나.

* Note
분발 하자구나.

시로 씻어요

답답할 때
시를 읽어요

꽉 막힌
머리를
시구詩句로 씻고

다시
들려줄 이야기
살살 풀어내요.

* Note
글쓰기 소화불량은
시를 읽으면
갑갑함이 내려간다.

워밍업

바늘일반바늘12호 끝 하나
심을 자리 없는 시집 한 권

주술에 침윤돼 글자는 날아가고
애꿎은 심장만 느리게 뛰는 시집 한 권

그렇게 두 권을 읽고 나면
서서히 꿈넋에 가라앉는다

시 쓸 준비,
이제다.

* Note
똑 부러진 깔끔함이 뇌를 세척 했다면,
쓰자.

꽃 달력 한해살이

1월	2월	3월	4월	5월	6월
복수초달	매화달	개나리달	라일락달	아카시아달	능소화달

7월	8월	9월	10월	11월	12월
무궁화달	배롱나무달	단풍나무달	은행나무달	자작나무달	상고대달

아카시아달, 벌에게 꿀에 관해 배우고
능소화달, 백마강 달밤 뱃놀이를 떠나자
무궁화달, 매미와 책을 읽고
배롱나무달, 시 쓰고
단풍나무달, 시에 넣을 그림을 그리자

은행나무달, 글 익기를 기다리며
자작나무달, 꿈을 새기고 마음을 가다듬자
상고대달, 밤새 하얗게 야윈 시를 끌어안고
복수초달, 발 시린 노란 꽃의 참을성을 기억하자

매화달, 황소바람 코뚜레 꿰어 잡아 말빛은 가려내
개나리달, 연삽한 단어만 캐
라일락달, 꽃들에게 시詩를 선사하자.

* Note
꽃 달력을 만들어 한 해 계획을 세워 보다.

푯말을 베껴 쓴다

미소
　　　　　　　　침잠
　　　만끽
　　　　　　버캐　　　비행운
　　　　　　　　　　　　　좌초
　　　아이
　　　　　　수레국화
　구절초
　　　　　찔레 장미
　　　　　　　　　　푯말이

놀이터 그네
　　　　　　유리병
　오솔길
　　　　　　　창가
　　헝겊
　　　　책상
　　　　　화단에 꽂혀 있다
　　　　　톡, 뽑아 베껴 쓴다.

* Note
날 꺼내 쓰세요, 걷는 길목 각자 푯말을 꽂고 있다,

거저 큰다

모시 치맛자락 걷어 올리며
툇마루에 앉아
배꼽 노오란 참외 깎아주시던
할머니 말씀

'아는 낳아 놓으면 알아 큰다'

아마도
글 씨앗 한 알
노트북에 심어두면 시詩로 큰다
소리신가?

시어가 떫을라치면 다시 Alt+S 저장하기
늦된 글
그제야 맛이 들며
거저 큰다는 말씀일까.

                    .

* Note
  쓰기 1%, 고쳐쓰기 99%에 겨우 글이 된다.

시詩 깊이와 야자 매트청계산높이의 상관관계

걷기가 단조롭다 싶을 때
청계산으로 향한다
등산은 민망하고 입산이다

내 시의 깊이와 같은 높이
고슴도치 바위까지
산책한다

등산화에 스틱, 배낭 멘 등산객 뒤를
입던 옷 고무신을 신고
나릿나릿 걷는다

야자 매트 끝나는 곳이 반환점
옥녀봉, 매봉은 안감생심安敢生心
살짝
발을 산에 담근다.

* Note
근력을 키워 청계산, 야자 매트 너머로.

아, 안나푸르나

청계산이 새초롬, 눈에 심지心地를 박고 내려다본다.

더운 밤이기도 하다.
새벽꿈, 여윈 시를 끌어안고 도저히…,
잠을 중단한다.

성가신 맘은 신열을 핑계 삼아
찬물에 얼굴을 축이고 애꿎은 머리맡 한 뼘 선풍기를 켠다.
심란한 연고를 되짚는다.

한글 틔운 아이가 또랑또랑한 눈망울로 보이는 족족
읽어 내려가는 것과 다를 바 없다.
시선에 길게 누운 청계산은 한 글자 한 글자 불러주고
그렇게 받아쓰기는 한 권으로 묶을 요량이다.

덜컥,
수신 거리를 좁히지 못하고 끊긴다.
그대로 낙오다.

기댈 책 속, 연단의 쇠붙이
그 강도強度를 동경하고
넘볼 수 없는 경도硬度에 좌절한다.

달지도
만만하게 먹기도 애매한
눅진한 솜사탕 시詩.
좁은 책상
부산스런 글자, 근본 없이 질서는 잊고
충돌한다.

날 키운 청계산….
하지만
점점
마음을 뺏긴 안나푸르나
배운 거 없이, 가진 거 없이
가난한 심장만 요동친다.

얼음 산괴여
수확의 여신이여

아, 안나푸르나
팔천 높이를 어찌하여 꿈꾸는가!
부아는 희게 바래
연골은 해지는데
멧새로 날아갈거나

*한 여름밤 꿈*이라 타일러주오.
개꿈의 무력함에
흰 깃발을 펄럭이게.

* Note
쓰기의 답답함으로 잠 고생 끝에
숙면은 포기하고 글 쓰다.

단박에 심장이

적당한 세기의 바람에 안겨
만만하게 쥐어지는 시를 읽는다
긴 의자 밑, 애 아빠가 비스듬히 누워 쉰다
아이 서식지에서 웃음이 새어 나온다

잔잔하게 한 장 한 장 넘긴다
세 번째 연, 이 행에서 물무늬 일렁일렁
두근두근 스무 살 맥이 뛴다
머리는 생략하고 단박에 심장이 반하다.

* Note
글이 눈에 들어와 머리로 전달하면
가슴이 반응하는 흐름일 텐데,
생략하고 심장이 눈에서 가로챘다.

> "당신의 이름도
> 두 뺨의 보조개도 당신이 아니다.
> 당신은 당신이 읽은 모든 책이고
> 당신이 하는 모든 말이다."
>
> 아닌 것 중에서 _ 에린 헨슨

개망초 노래하다_ 회문시回文詩

순독順讀

청계를 내려다보고
뿌리박고 서 있다

가랑이 사이 헤집고 지나간 고양이 보다 질긴 명줄
땅 위 마른 줄기 과감히 허물고
땅속 심지로 겨울을 난다

개나리, 유채꽃 반기는 한철 관심에
평정심을 소외시키지 않는다
흙탕물쯤 잠시라는 걸 알아채고
쉽사리 동요하지 않는다
목마름을 과장하지 않는다
솔직을 가장하지 않는다
배부름을 과시하지 않는다

태양에 얼굴을 꼿꼿이 든다
계란꽃으로 익으면
방아깨비 살 찌우고
귀뚜라미 목청 매끄럽게
굵은 털이 많아 인정도 넉넉하다

새끼손톱만 한 얼굴
큰 미소로
맑은 시내
황홀히 기뻐한다

생명을 끈기로 붙들고
곁을 지나는 이에게
희망으로 점유하는 노래할 때
가까이
아님,
멀리서
날 바라보고 행복하게 미소 짓게 하소서.

개망초 노래하다_ 회문시回文詩

역독逆讀

날 바라보고 행복하게 미소 짓게 하소서
멀리서
아님,
가까이
희망으로 점유하는 노래할 때
곁을 지나는 이에게
생명을 끈기로 붙들고

황홀히 기뻐한다
맑은 시내
큰 미소로
새끼손톱만 한 얼굴

굵은 털이 많아 인정도 넉넉하다
귀뚜라미 목청 매끄럽게
방아깨비 살 찌우고
계란꽃으로 익으면
태양에 얼굴을 꼿꼿이 든다

배부름을 과시하지 않는다
솔직을 가장하지 않는다

목마름을 과장하지 않는다
쉽사리 동요하지 않는다
흙탕물쯤 잠시라는 걸 알아채고
평정심을 소외시키지 않는다
개나리, 유채꽃 반기는 한철 관심에

땅속 심지로 겨울을 난다
땅 위 마른 줄기 과감히 허물고
가랑이 사이 헤집고 지나간 고양이 보다 질긴 명줄

뿌리박고 서 있다
청계를 내려다보고.

* Note
회문시回文詩, 머리에서부터 내리읽으나 아래에서부터
올려 읽으나 뜻이 통하고,
평측(平仄)과 운(韻)이 맞는 한시(漢詩).

문 앞, 시집詩集

여러 검사로 휘진 몸은
'아무것도 할 수 없다'
단안하며 들어선다

글 선생님이 보내주신
시집이 문 앞에 있다

이전의 난
별개다

생기가 돌고
기운이 난다

선생님의 풋풋한 학생이
책상 앞
몸을 앉힌다.

* Note
반가운 시집詩集이다.

화양연화 花樣年華

일로 오간 양재천로
자는 시계가
모카향을 따라
꽃 무리 속으로
느릿느릿
걷는다

낙하를 미뤘던
투명한 분홍 잎
나른하게
힘없이
앉는다.

* Note
아들과 봄 산책이 들이좋다.

덤

양배추
깻잎
애호박
무
근대
브로콜리
두부
표고버섯
묵직한 장 보기

애꿎은 어깨가 빨리빨리빨리
재촉하지만

발이 묶인다
모양
색깔
크기
딱, 맘에 든 단풍잎

덤이다.

* Note
장바구니 낑낑 메고 총총걸음 치는데
집 앞 보행로에 잘생긴 단풍잎.
그만 홀려 무겁던 장바구니는 잊고
빙그레,
바닥을 내려다보다가
좋아라,
데려온 단풍잎.

전업주부 3년 차

해거름에 퇴근할라치면 '쇼생크 탈출'을 떠올리곤 했다.
고물고물 아기를 떼놓고 나오는 시간이 격무보다 힘들었다.
늘 아이가 보고 싶었다.

갑근세에서 면제된 지 3년이다. 장맛비가 잠시 실내 더위를
식혀주는 틈을 타 다림질한다. 라디오 볼륨을 크게 켠 후,
셔츠를 판판하게 다린다. 내가 꿈꾸던 주부의 일상을 누린
다. 말고도 아이를 유모차에 태우고 산책하기, 햇볕이 거실
가득 채울 때 느긋하게 책 읽기, 아침에 아이를 내 품에 오
래 안고 있기를 동경했다. 이제 품기는 좀 억세졌지만, 전업
주부의 일상이 좋다.
읽고 싶은 책을 흡족하게 보고 글 쓰는 시간은 온전한 내
선택이다. 내가 경험한 직업을 꼽아보니 십 여종이 넘었다.
대학 때부터 일에 겁 없이 달려들었던 결과다.
그렇게 원 없이 일하고 물러난 2년 차에 수술과 회복으로 1
년을 보냈다. '살 만하니 아프다'란 자조적인 말 뒤에 큰 깨
달음이 왔다. 일하며 건강을 과신했고 교만했으며 무지했다.
몸이 보내는 준엄한 경고를 겸허히 수용한다. 더불어 가족의
먹거리부터 삶을 대하는 자세 전환을 할 수 있었다. 소중한
경험이 틀림없다. 날 소개할 때면 자랑스럽게 전업주부라 한
다.
이 짧은 한 줄을 위해 꽤 시간이 걸렸다.
버티고 다시 버틴 보람이다.

그래도 그때가 행복했어요

불 때서 밥해 먹고 삼 남매 키웠어요
그래도 그때가 행복했어요
물지게 지고 밭매고 살았어요
그래도 그때가 행복했어요

뻘에서 굴 캐서 다 공부시켰어요
그래도 그때가 행복했어요
겨울에 빨래 널면 꽝꽝 얼었어요
그래도 그때가 행복했어요

한도 초과 중량을 짊어진
휘어진 관절에 관조를 박아
닳은 연골 사이사이 도량을 채운
철학이 분연奮然하다.

* Note
여자는 인고를 증언한다.

친구를 대하는 자세

두 발로 땅을 파고 있다
흙 목욕해가며
뽀얀 앞발이 재투성이가 된 채로

토끼는
땅 파기를 쉬지 않는다
오래 같이 자란
고양이가
너머에 갇혀있기 때문이다

잠시 쉴라치면
파낸 땅굴 틈으로 연신 앞발을 튕기며
갇힌 고양이가 채근한다

토끼는 지칠 만도 한데
마지막 파낸 흙더미마저 정성껏 고른다

평편한 길을 밟고
고양이가 매끈하게 빠져나온다.

* Note
  토끼, 넌 친구를 그렇게 대하는구나!

우리가 우정을 나누는 방법

하늘_ 산목련

가을 하늘엔 화가가 살고 있다
아주 커다란 붓으로 매일 매일
새로운 구름 그림을 선사해 준다

겨울 하늘엔 천사가 살고 있다
땅 위에 사람들이 꿈꿀 때
천사가 흰 눈을 고웁게 내려준다

봄 하늘엔 요정이 살고 있다
움츠린 잠에서 깨어나라고
새싹과 꽃망울에 톡톡 윙크를 한다

여름 하늘엔 마술사가 살고 있다
쨍하다가도 주룩주룩
소나기를 내리기도
마음대로 묘기를 부린다

이 중에 난
바라보면
끝없이 보고 싶어지는
하늘이 있는
가을이 제일 좋다

그건 아마도
가을이 바로 지금이기 때문일거다
언제나 선물과도 같은 지금,
난 지금이 좋다.

저마다의 슬픔_ 자스민

좋은 곳을 가도 좋은 것을
먹을 때도
저 옆구리 깊숙한 곳에 눌러 논
아픔이 치고 올라와
아무것도 좋지 않고 아무것도 맛없다
언제부턴가
난
나를 위한 기도보단
모두를 위한 기도를 한다
빅뱅으로 우주가 탄생했다면
또 다른 빅뱅이 터져 지구에
존재하는 모든 질병이
한순간에 사라지길.

앞으로 40년_ 아메리칸 블루

38년 전 짧은 커트에 반짝이던 눈으로 자료실에 오던
넌 눈부셨다! 그 반짝임으로 우리 곁에 다시 온
앞으로 40년도 눈부실 靜雅.

다윗의 시, 시편 30편_ 작약

5 그분의 진노는 잠깐이요, 그분의 은총은 영원합니다. 밤새울
었더라도 아침이면 기쁨이 찾아옵니다

10 오 여호와여, 내 말을 들으시고 나를 불쌍히 여기소서,
오 여호와여, 나를 도와주소서.
11 주께서 내 슬픔이 춤이 되게 하셨고 내 베옷을 벗기고
기쁨의 옷을 입혀 주셨습니다.
12 그러므로 내가 가만히 있지 않고 끝까지 마음으로
주를 찬양하겠습니다. 오 여호와 내 하나님이여,
내가 영원히 주께 감사를 드립니다.

늘_ 라일락

센스 넘치는 표현으로 우리를 늘 웃게 하는 친구.
그 친구가 일상 안에서 들었던 기발한 생각, 느낌을
물씬 알 수 있는 글이네요.
엄마라는 결백한 단어에서 벗어나
나, 이더로서 행복해 하는 모습
늘 응원합니다.

꽃을 생각하는 아침_ 라넌큘러스

등교시키느라 운전하면서 아름다운 언니들 덕분에
꽃을 연상하면서 향기마저 느끼는 듯 즐겁게 운전했어요.
전 라넌큘러스를 아주 좋아하는데 오랜만에 아름다운
꽃을 생각하는 아침입니다.

이백팔십 년 보석 꽃밭

우아한 아름다움 *작약*
의리 품어 속 깊은 *자스민*
화성三星, 새로운 역사 산목련
하늘하늘 *아메리칸 블루*, 하지만 나의 지지대

성공적 삽목을 거쳐
예쁜 분갈이 마친 *라일락*
액세서리 의미를 알려 준 *라넌큘러스*

귀한 여섯 송이 보석, *라벤더*
이백팔십 년 밝힌다.

* Note
이십 대에 만나 사십 년을 함께하는 도반道伴
작약 님께 기도의 응답이 닿기를 바랍니다.
액세서리 의미_ P195.

03 세어 보아요

하얀 밥

건강검진은 삼 일간, 하얀 음식만 허한다.
참외 수박이 그림의 과일이다.
난 심통이 올라 흰 밥을 입에 넣는다.

마주한 *위대한 수업, 장 지글러는
콩고의 실상을 보여주며
기아 근절을 위한 다짐을 말한다.

밥의 감사함은 뻔뻔하게 잊혔다.
심지어 과일을 논하고
점입가경, 음식 색에 트집이다.

부탁인데, 철들자.

* Note
위대한 수업EBS , 장 지글러
인간의 길.

군침

양쪽으로
단침 흘리는 오븐

흉볼까
부지런히 닦아줘도

따끈한
식탐을 부린다.

* Note
웡봉 구워지길 기다리다 보게 된
오븐의 귀여운 식탐.

손톱 다리미

꼿꼿한 종이
반으로 접고
다시 뒤로 접어

손톱 다리미
지나가면

고고한 종이학
반듯한 배 한 척
뚝딱
짓는다.

* Note
동화작가의 단어 '손톱 다리미'가
귀에 감긴다.

장마를 이길 불더위는 없다

노란 매실이 떨어진다
불더위를 가라앉힐 장맛비를 기다린다

먼저 이불을 빨아 널고
침구를 가볍게 매만진다
화초는 위치를 바꿔 비 님을 대비한다

장아찌도 장만하고
젖어도 되는 물 신발 찾아놓고
레이스 등받이도 씌운다

잠시 불더위를 피해 숨을 고르며
몽니 없이 가시라고 공손히 청한다.

* Note
여름이 무탈하게 지나길 바라며.

오리배 그리고 갈매기

오리배 꽁무니에
중독된 갈매기

신선한 물고기의
미각을 일깨워

바다 품은
바닷새라는
노릇을 기억하자.

* Note
놀잇배 새우깡에 탐닉하는 갈매기 보며
스스로 일깨운다.

희망이 달린다

하얀 티, 먹색 티
왼손에 빨강 캔
똑같이 쥔 또래가
녹음의 호위 속으로
된더위를 뚫고
페달을 밟는다

남색, 분홍.
대여섯 살 남매가
헝겊 가방을 나란히 잡고
바닥에 닿을락 말락
감자가 아닌
책을 한가득 나른다

꿈나무에 주렁주렁
희망이 달린다.

* Note
한여름 자전거 도로를 힘차게 달리는 소년들과 어린 남매가
에코백 손잡이를 한 쪽씩 나눠 잡고 땅에 끌리듯 책을
한가득 들고 엄마 따라 도서관을 나서는 모습이 희망차다.

버드 세이버를 만나면 자리를 떠나야 하는 이유

난 겨울을 좋아하지.
내가 겨울을 좋아하는 이유가 궁금하지 않나?
겨울이 되면 말이야. 온 나라 남정네란 남정네는
나라님도 예외는 아닐 세, 나와 한 판 크게
호방한 놀이를 한다네. 남자라면 이 놀이를 싫어하는
사람은 내 본 적이 없다네.
이 날카로운 부리와 발톱은 맘만 먹으면 단 방에
낚아채 목숨 줄이 촌각에 달리지.
참, 내 소개가 늦었군.
난 이름도 많았어.
보라매,
초진이, 수진이
자네, 여자 이름 같아서 웃는 건 아니겠지!
그렇다면, 남성적이며 뭐랄까 레트로한 이름을 말해줄까?
해동청, 백송골. 어때, 이제 좀 면이 서는군.

내가 그렇게 사냥을 나설 때는 사람들은
소뿔을 정성껏 깎아 꼬리에 시치미를 달고 화려한
방울과 깃털로 치장했다네.
'나간다.'
'매 부리여'
뭐 날아오른 날, 한시라도 빨리 보고 싶어

다들 안달이었지.
난 사냥을 할 뿐, 꿩이든 토끼든 개부리에게 심지어
남정네에게 배포 크게 양보했네. 허허허
하지만 농사가 끝나기 무섭게 몰려든 사람들은 모내기를
핑계로 다 떠나기 십상이었지. 그렇게 몇 해를 산과 들로
비상할 때는 호연지기가 따로 없었지.

난 이제 매사냥은 당당히 은퇴했다네.
지금은 어린 새 한 마리 속아 주려나
속아 주면 자기 생명을 보전할 테고
여튼 새를 지켜주는
버드 세이버로
여전히 기골 장대한 날개깃을 쭉 펴고
투명한 유리 앞이 내가 필요한 곳이라네.
뭐, 시치미는 뗐다네.

* Note
버드 세이버의 '나 때는 말이야.~'
옛날얘기에 잡히기 전, 피해 가야 하는 이유다.
**국립생태원 2019년 기준 전국에서 매년 약 800만 마리
야생조류가 투명 방음벽, 건물 유리창과 충돌해
죽는 것으로 발표함.
***환경부 '야생조류 투명창 충돌 저감 가이드 라인'을 통해
5cm×10cm, 가로 굵기 3mm, 세로 굵기 6mm, 검정이나
주황으로 그리도록 규칙을 권고함.

무인도 1

막막한 정선汀線
밀려난 파도는
무질서한 거품만 게워내고
혼탁한 시계視界 속
빙결된 모래 산이
도리 없이 갇힌다.

* Note
혼잡한 도심에 서면,
덩그러니 무인도에 갇힌다.

무인도 2

건널목에 선다
십자로에 뒤엉킨 차량이
각기 밭은 숨을 고르면

그 틈을
습관적인 빛을 쫓아
쏟아져 내린 무리가
어둡게 진군한다

멍하니 포획된 인내심은
신지信地를 잃고
퍼런 눈물만
목뒤로 삼킨다.

* Note
복잡한 도심일수록 느닷없이 낯설다.

줄타기

손을 뻗어
외줄을 잡는 순간
다른 손이 이어서
나아가 잡는다

양손으로 감싸 쥐면
진전은 없다

부들부들
떨려도
근력을 믿고
의심 없이
잡은 한 손을 놓아
계속
오
른
다.

* Note
외줄을 양손 가득 쥐고
앞으로 나아갈 수 있을까.

실타래

달붙어
풀어낼
한 가닥 실오리를
무람하게 잡는 순간

생각이
질서를 맞춰
길이를 가늠하며
타래를 푼다.

* Note

#사유를비추다
m.blog.naver.com/ether107

이더
ether.107

새치기

흐름을 파괴하는
새치기
순식간에 잠식당한
혼란

뒤꾸머리에서 흘린
날 선
소금쩍이
시공간에 박힐라치면

푸드득
푸드득

뿌리째 뽑아야 한다
둬서는 안 된다.

* Note
나의 다짐.

노을

어제를 살아내고
오늘을 산다

무심코 올려다본 하늘이
충혈된 채
어둠에 함몰된다

굳은 어깨를 다시 펴고
고스란히 일어나
살기를
채비한다.

* Note
하루의 일과를 마치고 무심코 바라본
충혈된 하늘이
내 하루와 같은 질량으로 투영된다.

흐르는 구름

흐르는 구름의
길목을 막아
손아귀
가-득
힘겨루기할라치면
세찬 소나기에
영락없이 낭패다

흐르는 물성은 흐르게
선선히
흘려보내
쾌청한 하늘을
맞을 터이다.

* Note
순한 이치를 따르다.

독자적 이승을 느끼는 순간

열린 창 너머
도심과 공생하는 인총人叢
같은 자리
해만 바꿔 핀 라일락
권태로운 강변을
막아선 차량 행렬

껑청한 건물 숲이
물비늘에 부유하면
날카로운
독자적 시선에
이승의
살점이 베인다.

* Note
함께 보던 것인데
혼자 보는
익숙한 전망이 속절없다.

버스에서

모르는 집
딸 시집가는 얘기일랑
문자로 하세요
그 집 사위 형제가 몇 명인지
다 알게 되잖아요

부서원 회식 가며
김 상무님 깐깐하단 얘기일랑
소곤소곤하세요
끽연실인 줄 알고 내릴 뻔했잖아요

안내 소리
자리 양보하는 소리보다
내 음성이 크게 들리면
점점 작게 > > > > >
음 소거해 주세요.

* Note
강 건너 터널을 통과할 때까지 긴긴 통화는 이어지고
서 있는 내 귀에 캔디를 세차게…. 어쩌죠.

소리 나는 냄새

한낮 집터
시간에 제압된 햇볕을 쐬며
열기를 베고 누운
비릿한 쇳덩어리,
구수한 목재가 빼곡히 마른다

새집 짓는 박새의
또박또박
노동요에 맞춰

근육을 타고 내린
망치질 소리에
노동의 냄새가 들린다.

* Note
마을 산책 중, 집 짓는 현장을 지나며 쓰다.

공부하고 싶어

휴일 도서관이
책 보는
꽃들로 만개다

정적을 밀어내
서가를 넘는다
아기 말소리

'*공부하고 시퍼,
나도 공부하고 시퍼*'

꽃들이 웃는다
학구적學究的 꽃밭이다.

* Note
혀 짧은 목소리의 주인공은 서가에 가려 보이진 않지만
네댓 살 여아다. 기말 공부 중인 학생들이 부러웠는지
부모에게 '공부하고 싶다.' 외친다. 이를 듣고
모두 미소 짓는다.

냉장고 정리

분류하고
합치고
비우고
닦고

인생과 닮았다.

* Note
생활방식도
산뜻하게
갈아엎자.

게으른 착오

방금 우린
차의 온기 넉넉하다

한 모금, 두 모금
마시고 나면
사라지는 잔열
무 자르듯
본디 뜨거웠던 적 없다

열기도 마른다는 걸
진즉 터득한
선선한 찻잔이 체현한다

'*활기로 생생할 거야!*'
성긴 근육의
게으른 착오다.

* Note
따끈한 찻잔의 온기 스산하게 식어가는 것에
동질감을 느낀다.

깜냥

수레국화 꽃밭
토마토 밭뙈기
가꾸고
심고
창락暢樂한 전원생활

아이코
신발장만 정리해도
에너지 방전
미도未到한 깜냥은
아서라 한다.

* Note
에너지 한도 초과,
맘은 그득한데
예전 같지 않은 체력이다.

유한함을 새기다

마지막 카드 쥔 승부사
폐장이 가까워
놀이공원을 달음박질하는 소년의 심서心緒로
하루를 꾸린다

해 볼걸
가 볼걸
만나볼걸
먹어 볼걸
감회 말고

소감처럼
성취
만족
감사하는

여한 없는
유한함을 새기다.

* Note
글공부에 촘촘한 하루를 경험한다.
"모든 호흡마다 그 순간을 살라."_ 까비르

과묵

낯설면 과묵해.

* Note
꿈에서 나눈 대화 내용은 날아가고
한 줄만 기억나 글로 잡아둔다.

자율주행

자율주행차
입력 값으로
도심을 누빈다

글의 궤적
신조의 좌표를 찍고
부단한 속도로
주동적 걸음을 뗀다.

* Note
자율이란, 남의 지배나 구속받지 아니하고
자기 스스로의 원칙에 따라 어떤 일을 하는 일.
또는 자기 스스로 자신을 통제하여 절제하는 일.

System update

지금
할까, 말까?

시간이 걸려
손이 묶일 텐데

그래, Enter
0%
7%
22%
.
.
.

시스템 업그레이드 완료
내 경험치 업그레이드 완료

* Note
노트북 업데이트 알람을 무시하다,
할까 말까 할 때는 하다.

Password

긴장
땀샘이 솟는다
식은땀

야멸찬 비·밀·번·호
짤래짤래
시치미 뗀다

이럴 거면
불쑥불쑥
못난이 기억
password 설정이다.

* Note
간혹 도리 없이 묶여버리는 password 오류,
야멸차다.

종이와 노트북

나갈 채비 한다
연필
수첩
그리고 노트북

어깨가 무거워
연필
수첩
A4 한 장

노트북이
종이 한 장으로
통쾌한
득첩得捷이다.

* Note
책가방이 무거워 꾀가 날 땐,
종이 편을 든다.

나이 듦, 그 쓰임의 변화

기준은 이렇다

휴지를 쓰고 바로 버린다
————————————————————— 기준점
휴지를 쓰고 주머니에 넣는다

언제부턴가
스윽 닦은 휴지를 주머니에 넣는다
왜 이러는 걸까?

창틀
손가락 겨우 들어가는 틈
모서리
스치듯 닦고 버린다

얼마 전
내 엄마처럼.

* Note
 시근이 든다.

소심한 착각

전과 다름을 인정한다
시력에서 현저하다

빠른 시인是認은 뻘쭘함을 모면할 수 있다
소소한 판단에 소심小心이 끼어든다

하얀 아사면 소매 넓은 윗옷을
한 번에 쏙 입고 엘리베이터를 탄다

내리기 전, 거울에 붙어 매무새를 살핀다
아무래도 옷을 뒤집어 입은 것 같다

다시 오르는 버튼을 누를까, 잠시 생각하다
옷의 상표를 더듬어 본다, 이번은 제대로다.

* Note
깜박깜박 의도치 않은 실수로 의기소침이다.
우기지 말고 빨리 시인해야 하는 이유다.

스페셜 기프트

일 년에 한 번 카드사가
스페셜 기프트를 준단다
오늘이 일 년에 한 번이다

준비물이다
민증
카드
꺼진 불 다시 보듯
확인하고 나선다

도착해 번호표079 뽑고
긴 의자에 앉아 한숨 돌리면
금융기관 공통 알림음, 띵똥   079
날 일으킨다

카드
민증
번호표079
순으로 트레이에 담는다

캬아
아 들 카 드
스페셜 헛일이다.

* Note
어이가 없어 미안하다 하곤
도망치듯 나오며 생각한다,
배달결제 때 내 카드랑
아들 카드가
바뀐 모양이다.

침대가 건네는 말

풀 죽어 제게 기대셔도
좋아요
저를 안아 주니까요

엊그제 제 발치에 걸터앉아
발장단 치셨죠
흐름결에 흥이 납니다

어젠
하얀 새벽에 건너오셨죠
글이
늦됐나 봐요.

* Note
날 받쳐주는 침대.

켤 수 있는 건

다 켰다
거실 TV
먹색 노트북
식탁 위 쪽빛 노트북
소파에 비스듬히 누운 핸드폰
태블릿 너마저
모두 상태 ON.

* Note
온 가족이 모이는 거실은
디지털 매장을 방불케 한다.

끼니

내가 아니면 누가 챙길까?
밀키트가 더 맛있으려나
식구의 먹거리
나라 지키는 병사의 군가처럼
내가 아니면 누가 지키리.

* Note
가족의 먹거리를 준비하며
"내가 아니면 누가 지키랴~"
흥얼대며
채소를
뽀득뽀득
씻는다.

밥풀때기

배꼽이 내려가길 기다린다
일자의 손잡이를 시옷 방향으로
솥뚜껑을 열면 노오란 강황 물든 밥이다

유리그릇에 밥을 퍼 담고
한 개 더 옮겨 담으면
솥에 붙은 밥알을 박멸해야 할 순간이다

흰 주걱으로 거의 옮기고 나면
듬성듬성 밥알이 남는다
갈등의 순간이다

밥알을 한 톨도 남기지 않으리라
하지만 한 톨도 남지 않는 것이 아니라
밥알이 그저 솥 안에서 주걱에 의해 으깨진다

그래서 밥알 모으기가 무의미한 순간이 오면
찬물을 솥 안에 끼얹어 주걱으로 살살 밥알을 달래
후루룩 마셔버린다.

* Note
밥풀 때, 밥알 한 톨을 놓고 방법을 찾는다.

돌멩이 부추겨 바다로 떠나는 샘물의 여정

야트막한 산속 샘물
돌멩이 부추겨바다 보러 가자
물고를 파 내려간다

지붕 낮은 마을
버들치 물장구 간지러워
개울을 떠 난   다

흙 자갈 뒤엉킨 격동_{맙소사}
바닥과 수면의 접경을 찾아
계곡에 휩쓸린다

바람 빠진 유니콘
가라앉은 떡갈나무잎
뒤적뒤적
그새
냇물은 **떠**민다

증발과 고갈을 얘기하는
얼음의 겨드랑이로 파고든다 꼭 가야 해? 바다
빼꼼**빼**꼼
내리는 족족
강물이 함박눈을 녹인다

버들치

격동激動

유니콘

　　고갈을 얘기한 얼음의 겨드랑이
물비늘에 박힌 채
일층 더한 농도로 유유히 퍼　　진　　다

종착의 향기
비릿한 소금기의 알속
비로소
단물은 아지랑이 춤

　　　너　　　　울　　너　　　　울

큰 배를 띄운
깊　　은 바다에 닿는다.

* Note
샘물의 여정과 삶

세어 보아요

세상 보는 0.7, 시력
주변 소리 흘리지 않는 20dB, 청력
100 내보내고 다시 받아들이는 70, 심장
겨울밤 향기 알고 있는 2톨, 풍선

누운 산 옆구리 배길까 7닢, 걱정
불현듯 출렁인 5가름, 그리움
내려앉는 어둠이 무섭지 않은 990모금, 희망
꽃을 반기는 52옴큼, 친절
경험이 알려준 32,000해리, 인내심

탈고할 책, 234쪽
산이 안부를 묻는 창, 7장
여름 나는 홑이불, 1채
존재의 만족, 0.41세기
한결같은 용기, 8강다리
꼽아보아요.

* Note
욕심의 반대는 욕심 없음이 아닌,
잠시 내게 머무름에 대한 만족입니다_ 달라이 라마

04 말이라구

하늘꽃밭

모든 꽃은 자연에서 피어나는 영혼이다
제라르 드 네르발

엄마 아기

내 엄마의 엄마가 되다

준비, 연습 없이
아기로 올 때와 똑같이
되돌아 엄마는 나의 여린 아기다

뽀송뽀송, 쾌적하게, 한 술만 더
엄마가 날 기른 손길을 기억하며
눈을 맞춘다

절벽에 매달린 뉘우침이
시효時效를 끌어다
둘을 한 몸으로
동기동기
동인다

점점
사위는 빛
몽매한 절박함에
새까만 농膿이 배긴다.

* Note
종교와도 같은 엄만
세 번의 암과
또 한 번의 암 앞에서
용감하셨고
고상한 철학과
품위를
지켜내셨다.

하늘꽃밭에
하얀 시를 심다.

향수

로즈 향이 분사된다
향기에 밴 스키마schema를 깨운다
식구 뒤를 따라나선 내게
향은 말한다

"오랜만이야?
약속을 지키는 거야!"
                거리
                            구름
                                                    표지판
                                밥
            산
                        물
                                                            빛
                            공기
향으로 덧씌운다.

* Note
엄마 향수를 깊이 뿜고 '엄마, 하늘 여행 1,274일 만에'
세상 밖으로 나왔다. 잘 살기를 바라는 약속을 지키기 위해서.

장미가 되다

오월의 **꽃**이 되다

나의   우주   종교
         태실

         세포

엄마는 장미가 되다.

* Note
장미가 피면 엄마가 돌아온다는 것이다.
장미에 이슬이 슬듯…….

엄마 편지

사랑하는 엄마 딸

엄마에게 와준 것 정말 고마워.
내 천동까지 엄마는 준 것이라곤 아무것도 없는 것 같다.
우리 너무 귀하게 잘생긴 공주,
제법 한 가정의 딸이었다면 얼마나 어울리고 좋았을까.
그저 하나님 주신 대로 받을 수밖엔

너희 여섯 식구 건강하고 늘 웃으며 이해하며
건강하고 행복해야 한다.
모든 사람과의 관계에서 겸손하고 화목하게 복 되거라.
양보하고 저줄 줄도 아는 도량 넓은 그런 이름다운 사람.
끊임없이 자신을 갈고닦는 일에 게을리하지 말고
매사에 후회 없는 최선을 다하기를 바란다.

모습처럼 복스럽고 아름답게 꽃밭 같은 삶을 살기 바란다.
흰머리 곱게 빗고 온 가족 모두 모여 손주들 재롱 보며
엄마는 하늘나라에서도 너희들의 모습을 지켜볼게.

그리고 하나님께 부탁드릴 거야.
'우리 강아지들은 사람 향기 물씬 나는
그런 어여쁜 삶을 살아 나갈 수 있게.'

아마도 하나님께서 기꺼이 들어 주실 거야!
너희도 늘 기도하는 마음으로 살거라.

2011년 오 월 십 팔일
자식 욕심만으로 가득 찬 엄마가

말이라고

엄마가 평소 자주 쓰셨던

"말이라고!"

내게 보내는 엄마만의 호응
내 편의
든든한 인정과 지지.

* Note
엄마가 자주 쓰셨던 말

"말이라고!"

가물가물 생각 안 나
깜짝 놀라 적어둔다.

표고버섯 들깨 미역국

말간 미역국에 버섯이 넘기기 편한 두께로 해조류의
핵산을 저항 없이 받아들인다. 먹기 전 들깻가루를
소복하게 넣는다. 입자가 퍼져 국국물이 엷은 녹색에
등황천연안료 한 붓끝 지나간 빛깔이 된다.
비로소 구원의 연명이다.

항암은 시간을 담보로 환자와 보호자를 폭력적으로
제압한다. 약물은 첫 공격의 재물, 총기로 반짝이는
눈빛을 강탈한다.
정기가 눈동자를 시작으로 침묵 속에 새 나간다.

죽느냐 사느냐가 문제가 아니다. 살아도 산 것이 아니다.
그렇다면 사랑하는 이를 더 이상 볼 수 없다.
포기 각서에 날인을 겁박한다.
터미널을 향해 가는 속도에 근면함이 장착된다.

아홉 번의 포격에 전의를 잃고 귀향하는 병사의 첫 끼.
표고가 들어간 들깨 미역국이다.

* Note
수차례 찾아오는 종양은 엄마의 분연奮然한 철학과 의지를 꺾지
못했다. 미역국을 끓여 방문해준 함 사모님께 감사드린다.

엄마가 돼줄게

내게
엄마가 돼줄게

사랑
칭찬
공감

일깨움의 애기로
처진 어깨와
무릎에 힘을 줘
일으켜줄

품 넓은
엄마가 돼줄게.

* Note
내가 나에게,
품 넓은 엄마가 생겼다.

결백한 단어

엄마로 불리는 순간
깨어난다

팔다리
강철 근육이 붙고

머리에
철학자를 앉혀

가슴을
기도로 채우고 나면

지구상 가장 결백한 말에
답한다.

* Note
엄마는 그렇다.

오징어젓

짙고 여튼 양색 띤 오징어
나무 도마에 척 올려지면
서슬로
닥닥 탁탁 두들개에 해체된다

버무리고 버무려도
미치질 못해
엄마를 소환한다

입 넓은 스텐 그릇
고추 송송
마늘도 인심 좋게
빨간 손이 자브락자브락
새 주둥이로 한 가닥 받아먹는다

아늑한 기억
마늘 향 밴 엄마 손맛
비린 바다의 달디단 미덕에
엄마의 레시피를 꺼내 먹는다.

* Note
엄마의 그리움은 저온화상으로 안으로 깊어진다.

미역 줄기 볶음

바다 염분에 기대어 별 양념 없이 볶아 먹는 찬.
고들고들, 한 입 넣고 밥과 먹으면 정갈한 맛이다.
예나 지금이나 가벼운 가격에 부담 없는 식재료다.
한 봉 사서 바쁜 엄마가 뚝딱하기 좋고 맛도 일품이니
엄마가 종종 해 준 찬 중 하나다.

엄마의 헌신으로
꼬들꼬들한 삶에
끝내
푹신한 잔디를 입혔고

그 위에
세상에서 가장 안전한
울타리를 둘렀다.

미역 줄기를 볶는다는 것은
엄마가 일러준 것을 이행하며 살겠다는
다짐에 약속을 넣은 자성自省의 맛이다.

* Note
검소하고 정갈한 찬이다.

가자미

팬에 올리브유를 두 바퀴 두른 다음
알배기 가자미를 팬에 올린다.
빗소리를 내며 익는다.
구수한 향에 노릇노릇 굽기가 보인다.

비린 생선을 좋아하지 않는 날 위해 따로 구워주시던
가자미다. 엄마, 어머니, 내게 굳이 시와 친정의
경계는 더 이상 불필요하다. 결혼과 동시에 엄마의 막내
며느리가 됐다. 정신없이 직장과 가정을 오가며
시행착오란 시행착오는 모두 섭렵하던 시기부터
지금에 이르기까지
*'이상적인 시어머니의 모습'*은 이런 것이다,
몸소 알려주신다.
이런 표현을 들으시면 손사래 치시며 웃으시지만
내 생각은 변함이 없다.
장차 내 며느리에게 어머니께 받은 사랑을 고스란히
복기해서 따뜻한 시엄마가 돼주라고.
그렇게 내 허물을 덮어주셨나 보다.
선택이 아닌 필수 덕목으로
가자미를 구우며 엄마의 가르침을 다시 새긴다.

수정水晶 모서리

심장이 후두둑
떨어진 날부터
수정 모서리가 생겼다

심장이 펄떡이면
수정날에 베이기도
지그시 찔리기도 한다

초침에 야금야금 날이 갉히며
바스라진 조각이
말갛게 박힌다

날 선 모서리도
바스라진 조각도
얄궂다

다만
순수한 결정結晶이라
흉, 멍조차 남기진 않는다.

* Note
볼 수 없어 복받친다, 젖 먹던 힘으로 엄마를 쓴다.

딸인 나와의 충돌

김치 했어_ 엄마

김치 했어. 맛있네, 주말에 가져다 먹어라.
- 어, 힘들게. 저번 김치 아직 남았는데. 애 중간고사라….

> 김치가 얼마나 손이 많이 가는데,
> 엄마 힘들었겠다!
> 배추랑 어떻게 들고 왔어.
> '엄마 김치 먹을 때가 봄날이지.'
> 엄마 주말에 일찍 갈게요.
> 온천이라도 가자.
> _ 라고 할걸.

엄마가 간다_ 엄마

요즘 바쁘지, 뭐하고 먹니, 엄마가 간다.
- 아, 아니야, 잘 먹어. 괜찮아요. 밥을 집에서 잘 안 먹어.

베갯잇, 소파 커버랑 만들었어. 저번에 말했잖아.
- 힘들게, 조심해 오세요. 난 늦어요.

베갯잇은 많을수록 좋고 소파 커버도
여름에 요긴하게 잘 쓰는 거라.
정말, 울 엄마 솜씨는 최고, 최고야.
반차라도 내 볼게요.
저녁에 엄마 좋아하는 냉면집 가자.
일전에 말한 편육 잘하는 집 갈까.
_ 라고 할걸.

낙지 볶았어_ 엄마

너 좋아하는 낙지 볶았어, 먹어 봐.
— 저녁 먹었어. 지금 배불러.

맛있겠다.
엄마 낙지볶음이 젤 맛있지.
손질한다고 애썼겠다.
엄마폰 언제 먹어도 맛있지!
잘 먹겠습니다.

엄마니까 믿거라 하고
말 밉게 해서 엄마, 서운했죠.
햇볕 같은 사랑,
공기 같은 은혜에 감사합니다!
엄마 사랑해요
_ 라고 할걸.

명품 백

여학교에서 100주년 기념으로 바자를 한다는 소식을
듣고 엄마와 갔다. 제법 큼지막한 어깨에 멜 수 있는 가방과
가죽을 꼬아 만든 지갑을 함께 샀다. 오래전 기억이라
가물가물하다.

구동이 힘겨운 노트북을 보내주고, 무게를 고려해
새것을 장만한다. 햇것일 때 누릴 반짝하는 관심을 받으며
글을 받아먹는다. 가볍긴 해도 어째, 벗은 아기 살
같아 헝겊 집도 만들며 애정을 쏟는다. 문제는 이동 시
모서릴 보호해 줄 하드케이스가 필요하다. 뭐가 좋을까,
안방 붙박이장 맨 위 더스트백에서 긴 잠자던 엄마
가방을 깨운다. 안에 넣어둔 채움재를 꺼내고 노트북을
넣어본다. 안성의 놋그릇이 이랬을까? 맞춤이다.

정교하게 들어맞는 순간, 후두둑 심장이 따갑다.
대략 30년도 넘은 엄마의 가방이 내 책가방으로 쓰이다니.
엄마는 이 가방을 눈으로 들고 다녔을 뿐 장롱
옷걸이에 걸어 놓고 한 번씩,
"우리 이거 그때, 어디지? 거기 가서 샀잖아."
눈으로만 들고 다닌 엄마의 첫 명품백이다.

자로 잰 듯 쏙 들어가는 노트북을 넣고 돋보기, 스마트폰

마저 챙긴다. 어깨에 메고 엄마 보시기 흐뭇할,
공부하러 나선다.
늘 손이 가던 헝겊 가방보다 무게는 있어도 괜찮다.

내가 한쪽 엄마가 한쪽 나눠 메고 간다 생각하니,
기억의 무게쯤 아무렇지도 않다.
다만
그립다.

엄마의 선견지명에
고맙다는 말이 닿을 수 없어 아쉽고,
늘 기대에 못 미친
나의 엉성함이 아쉽다.

* Note
엄마 가방에 준비물을 챙겨 나서면,
전해지는 정서적 안정감을 경험한다.
늘 큰 그림을 그려준
사랑에 감사한다.

한 땀 한 땀의 답습

같은 기종의 재봉틀 영상을 찾아 바늘에 실을 꿴다.
왼손으로 자동 실 끼우기 레버를 누르고 오른손은
숫자 4자를 만들어 영상과 재봉틀 바늘을 번갈아 보며
몇 번의 시도 끝에 자동 실 끼우기를 터득한다.
밭은 솔기를 말아 박는다.
땀 땀 땀 땀 땀 땀 땀 땀 땀 땀 땀땀

엄마 어깨너머
새로 산 장난감을 본 아이의 박동으로 땀이 박힌다.

"이거 와서 봐, 엄마 하는 거."
 - 엄마가 해주면 되지.

핀 조명을 받은 솔기가 야문 손에 접혀
점선을 실선으로 배열한다.

기억을 끌어모은다. 솔기가 풀리지 않게 말아 박을
스티치 다이얼을 돌리는 순간 안에서 뚝.
마치 살아있는 생명에 숨이 끊어지듯 황망하다.
손잡이가 헛돈다.

튼튼해 도무지 망가지지 않는 쇳덩이 부품이 아니다.

재봉틀 회사의 고사를 막기 위해 제조한 전자식 재봉틀
이다. 막상 재구매한다면 웬만한 스마트폰 한 개 가격이면
재봉틀 다섯 대 살 수 있다.
그리
간단한 산술 문제가 아니다.

엄마의 부재로 얼키설키 꿰진 맘에
닭똥 같은 눈물이
뚝
뚝
떨어진다.

단종된 기종이라 수리는 어렵고 대신 스티치 한 개만
설정 후 재봉틀 고유기능, 박음질은 가능하다.
전문가의 기지로 구사일생이다.

후로 귀한 쓰임은 계속된다.
베갯잇, 이불 홑청, 헝겊 가방
오래된 원피스는 고무줄 치마로
보고 배운 지혜를 족히 발휘한다.
대를 이어 휴가 때 입을 아들의 새 바지,
바짓단을 다듬질한다.

* Note
오래전 장만한 백조 닮은 전자식 재봉틀은 엄마의 야무진
솜씨를 더해 살림 곳곳에 쓰이고 있다.

05 예쁘니까 쫄레그래

뱅쇼vinchaud일지

행복한 가정은 미리 누리는 천국이다
로버트 브라우닝

뱅쇼일지, 네이밍

세대주 아빠
열혈 청년
글 쓰는 엄마
세 명이 만들어 가는 얘기다.
아들의 전역, 이사로 가족의 대 전환을 맞아
가족 단톡방 이름을 생각하다,
마침 뱅쇼vinchaud를 만들어
가족 연말 모임을 하던 중
'그래, 뱅쇼로 하자!'
의기투합으로 정해졌다.
뱅쇼님들, 늘 응원합니다!

* Note
블로그#사유를비추다#뱅쇼일지
뱅쇼vinchaud, 따뜻한 와인.
와인에 과일과 시나몬 따위를 넣고 끓여 만드는 음료.

열무, 얼갈이

핵심 반찬 김치가 밑이 보인다.
 - 얼갈이 한 단만 사다 주세요.
꾀가 나, 애 아빠에게 부탁한다.

얼갈이 공수에 나선 남편의 목소리에 혼돈이 보인다.
 "열무로 의심 가는데 떠지는 얼갈이로 돼 있어"
카오스에 빠져, 진열 사진을 보낸다.
 - 오른쪽, 사진에서 오른쪽이요.
 "어? 열무에 얼갈이 떠지가….."
 - 농부님이 착각하셨나 봐. 무마해 본다.

남편의 장 보기,
특히 녹색 잎을 달고 있다면 난이도 최상이다.
내가 기계 앞에서 작아지는 것처럼.

열무, 얼갈이 트리플 A형에게는
정연한 논리가 필요한 모양이다.
그런 꼼꼼이가 덜렁이와 41년을 함께하니
고마울 따름이다.

* Note
얼갈이 열무, 십자화과 무속의 근채류 채소.
얼갈이배추, 늦가을이나 초겨울에 심어 가꾸는 배추.

영혼의 음식

순살 크래커 치킨, 아들의 소울푸드SoulFood다.
그 인연은 이랬다.

'초등학교 4학년, 그 해 출시된 상품 프로모션으로
지금이면 어림없을 치킨 시식에서 그날따라 늘 다니던
후문이 아닌 정문으로 나와, 운명적 조우는 시작된다.
종이컵에 담아준 두 개 중 한 개를 먹고 그 감동을 벅차게
전하며 순살과 필연적 만남이 된다.
일만팔천 원에서 배달료 포함 이만삼천 원, 황금 올리브
너겟으로 개명됐고 지금은 키즈 메뉴가 돼서
그 키즈가 커서 18년째 먹고 있다.'

퇴근 후 부실한 저녁에 순살을 제안했고 환호하는 아들이
사랑스럽다. 내가 묻는다.

'엄마가, 그래서 그때 순살 사줬니?'
- 그럼, 바로 엄마가 시켜줬지.

휴, 다행이다.
저렇게 좋아하는 걸, 당시 타이밍을 놓쳤을까 잠시 긴장했
다. 참외를 아삭아삭 먹으며 경쾌하게 서식지로 들어간다.

이거 먹어 볼래

셰프 고향의 맛을 표방한
봉골레 없어 새우가 들어간
갈릭 향이 깊게 밴
크리미한 파스타

포크 꺼내 들고
걸터앉아 한 입 먹고
의자에 깊게 앉아
다시 먹는 맛

고소하고 느끼할라치면
마늘 향이 감도는
떠나온 적 없는
고국이 그리운 맛

12인치 팬에 담긴
성북구 성북동이 고향인 셰프가
원 팬으로 뚝딱 만든
깨끗이 먹게 되는 맛

* Note
기대 없이 먹은 애 아빠 파스타가 맛있어 시로 답하다.

다 갚을 수 있을 것 같아서

두고두고
살아가면서
갚으면 되지

시간이 갈수록
복리로 불어나
상환은 고사하고
마이너스가 돼간다

약정 기한 내
다 갚을 수 없을 것 같아
양해를 구한다.

* Note
갓 입학한 새내기가 하늘 같은 선배를 만나
넓은 이해와 지지를 받는다.
더러 사랑이라고 한다.

섬처럼 앉아

먼발치서
섬처럼 혼자 앉은
뒷모습이 시큰하다

함께 한지
십 년이 네 번
언제, 저렇게…,

노목老木이 돼
곧
올 거라 믿고
날
기다린다.

* Note
노목이 덩그러니 힘 빼고 앉아있다.
다시 생각해도 아릿하다.
오래오래 곁을 지켜주고 싶다.

독자讀者 1

"좋아!
음, 좋아!
음, 좋아. 잘 썼네!"

느닷없이 읽어대는 통에
독자 1, 녹록지 않을 것이다.

* Note
내 글의 유일한 독자, 남편의 후한 평.

새끼

망막에 새겨
심장에 감싸 넣고

마지막 숨을
기도와 맞바꾼다.

* Note
2005년에 적은 메모를 우연히 보다.

선물

어버이날, 아들은 꽤 신경이 쓰일 것이다. 평범한 엄마의 취향이 아닌 터라. 안마의자, 해외여행, 명품, 현금, 전자기기 어버이날 선호하는 선물이란다. 난 어떤 선물을 원하지, 자문한다. 명품, 있는 자원도 활용이 안 되고 더구나 들고 입고 갈 곳도 마땅찮다. 현금, 청약저축, 직장인 우대 저축으로 뻔하다. 전자기기, 있는 거나 깨끗하게 쓰자. 케이크와 꽃, 열량 부담 대동소이한 꽃바구니가 식상하다.
이런 내가 문제인가?
아들이 출근 채비에 바쁜 걸음을 멈추고 비장하게 말한다.
"내일 어버이날 어떤 선물을 할까, 생각했는데요.
시간을 선물하려고요. 어디가 좋을까?
아침 일찍 출발해요."

시험이라면, A+를 주고 싶다. 내 마음에 딱 드는 선물이다.
아들 자체가 선물이니.

－바다로 갈까, 산으로 갈까? 아 참, 먼 거리는 아니다.
바람 쐬고 맛있는 식사로 만족, 남은 금 같은 주말을
아들에게 돌려줘야지.
개념 챙기는 부모로 남고 싶다.

* Note
　매해 돌아오는 기념일은 주는 쪽도, 받는 쪽도 맘이 쓰인다.

홀씨

빈작賓雀이 짙어진 부리로
매무새를 다듬으면
이소離巢가 가까운 것이고

민들레가
완벽한 방사형放射形에 이르면
이젠
날아갈 준비가 된 것이다.

* Note
정진하는 내 아이도, 곧 채비를 마칠 수 있겠다.

도움 날개

"아들아, 사내의 삶은 쉽지 않다."
*칠순 작가의 지혜를 빌린다.
내가 미력해서 해 줄 수 없는 이야기다.

삶이 버거울 아들에게
하루 영양제와 함께
빈틈없이 챙기고 싶다.

돈과 밥의 지엄함을
그것으로 삶은 정당해야 한다고,
멋진 어른의 말세로
고단한 아이를 다독인다.

* Note
김훈 산문집_ 라면을 끓이며 인용함.

편해_ 아들이 물어본다

편해?

— 응_ 노트북 뚫을 기세인 나

흐 히 힝 ～ _ 기분 좋을 때 내는 소리

* Note
노트북을 뚫을 기세로
글 쓰는 내 모습을 본
아들의 흐뭇한
'당나귀 소리'가
내 부스터다.

자장가

깊은 새벽
아들에게
지지와 응원의 대화로
토닥토닥 도닥인다.

꺼억
그제야
하루의 질량을
소화하고
잠자리에 든다

강파른 눈 밑에
새 살을 덮어 줄
잠에 빠져든다

밤이 새벽으로 옮겨올 동안
젖먹이 때 자장가를
고요한 대화로 바꿔

청년을 사는 아들에게
어미가 주는
이야기 자장가다.

* Note
일에 지치고 불투명한 미래에 탈진한 아들을 다독인다.
늦게까지 이어진 대화 끝에
비로소
첫 끼와 함께 스트레스도 소화시키며
겨우 잠자리에 든다.

경험

썰매
타본 것이 중요하지
몇 번이 대수일까?

스킨스쿠버
시도해 본 것이 중요하지

횟수보다 경험이
오롯이 찐.

* Note
보라카이 바닷속 경험이 아득하다.

앙코르

재청곡과 본 공연을
비교할 순 없다.

본 공연을
혼신의 힘으로 마치고

찾아 준 청중에 대한 예를
마지막 곡으로 섬긴다.

그런 연주자를 찬양해야 한다.
마지막 힘을 다해 불러주는 노래를
감사하게
즐길 뿐이다.

* Note
직장인으로 바쁘고,
여유 없는 아들의 모습을 보면서 든 생각이다.

캠핑 중

조직 생활로
쌓인 독소를
리프레시

자연의 넉넉함을
머릿결에 적셔와
때때로
타는 열기를 식혀보자.

수업 중

ECC Test
　　　　독 서 록
　　　　　　　　태권도 승급 심사
　　　중 간 고 사,　기 말 고 사 ,　 모 의 고 사
수 능
　　　　　　자　　격　　시　　험
　　　　운 전 병
　　　　　　　　　토 익
　　　　　　　　　　　입 사 시 험
논 문 심 사
　　　　　　혼　　사
　　　승진　　　　　　　　인　생　수　업

수험생과 학부모의
고투는
계 　속 　된 　다.

깨울까

어디야?

버스 타고 가고 있어요.

두부구이, 감자전, 소고기 재웠어,
깨울까?

밥은 안 먹어도 될 거 같아요!

* Note
야근에 녹초가 돼서 올 아들, 저녁 메뉴를 문자로 보내다.

아들의 결기

"힘든 걸 겁내지 않으면 자유로워진다."

* Note
격무에 시달리는 아들을 걱정하는
나에게
Zolle가 답하다.

독자讀者 2

막 퇴근해
직장의 스팀이 미처 빠지기도 전에
쓴 글을 읽어대는 통에
독자 2가 말문 닫는 평을 읊는다

> "자랄 일 없는 열매에
> 움트는 봉우리
> 노을을 향한 나무에
> 오랜 뒷모습
> 그럼에도 부질없는 인과"

뭐란 말인가?
힘드니 좀
말 걸지 말라는 것인가?
제법 까다로운 독자 2다.

* Note
늦은 첫 끼를 먹는 독자 2 앞에서 읽어준 내 글에 대한 도저한
평. 평을 풀어 옮기면, "엄마가 *golden age*를 개척하는 모습에
생의 치열함 그럼에도 유한함, 쓸쓸함이 겹쳐, 부질없는 것을
부정하지 않고, 열매로 살지언정, 봉우리를 꿈꾸는 삶을 자조적
으로 응원한다."라는 얘기다. 'Circle of Life' 떠올린 모양이다.

뒷모습의 서사

내가 볼 수 없는 뒷모습에
나도 모르는 서사가 빼곡한 모양이다.
일전에 내가 먼발치에서 본
남편의 뒷모습이 그랬듯이
내 뒷모습은 아들에게 여러 감정이 일제히 응축해
유한한 인생으로 확장되는 모양이다.
부모님의 뒷모습에서 나는 어떠했나,
무엇을 보고 읽었는지 생각해 보면
아들의 마음을 헤아려 볼 수 있다.
종종 아들과 '라이언 킹 애니메이션'을 본다.
그러고 보니 아동기, 유년기, 청년기에 걸쳐
의미를 곱씹어 봤다.
라이언 킹, OST Circle of Life를 찾아 듣는다.

이게 섭리야, 자연의 섭리.
In the Circle, The Circle of Life

인생을 심바로부터 배운 아들은 휴식으로,
'라이언 킹'을 다시 보자고 할 것이고
난 또 그 옆을 지키며
심바와 아들을 번갈아 볼 것이다.

독자讀者 2, 낭랑한 평

"해변에 뿌려져 있는 진주 같다."

* Note
'잿빛 물방울로 의심은 시작한다. 2'를 읽고
평을 낭랑하게 넣었단다.
"낭랑하게 넣었다는, 쓰지 말아 줘,
그마저도 적으면 안 되지.
어허허헝~"
당나귀 소리를 내며 서식지로 퇴장한다.

예쁘니까 쫄레그래

할머니는 왜 우리 천둥이 자꾸자꾸 보고 싶을까?
― 예쁘니까 쫄레

우리 애기는 어쩜 이리 순할까?
― 하므할머니
  떤둥천둥
  손자니까
  쫄레.

* Note
천둥天童하나님이 주신 애기의 쫄레는 '～ 그래'란 의미로
할머니 사랑에 대한 화답이자,
가족에게 행복의 극치를 선사한다.

행복해

아들의 정상적인 퇴근이다
검정 운동복으로 갈아입고
피트니스 센터로 내려간다

상쾌하게 운동을 마치고
하얀 차를 세차장으로 인도해
출고 때 모습으로 돌아온다

그리고
나머지 회색 차를
말쑥하게 닦는다

긴장과 피곤이 한 몸이었던 루틴을
부서장의 조언과 자신의 선택으로
바꿨는데 결과가
나쁘지 않다고 한다

적지도 그렇다고 많지도 않은 나이
그 어디에 있는 아들
삼만 년 만에 행복하단 얘기를 한다

땀에 젖은 운동복을 입고
송글송글 웃으며

행복하단다.
실로 행복하다, 나도.

* Note
일과 삶의 균형 Work-life balance,
워라밸의 세계로 오신 걸 축하합니다!

엄마인 나와의 충돌

여행 가요_ 아들

엄마, 이번 연차 때 애들하고 제주 가려고요.
− 어어, 그래 리프레시하고 와야지, 잘 됐다.

> 계절이 참 좋겠다,
> 유채가 한 창일 텐데….

준비하지 마세요_ 아들

끝나고 강남에서 정 대리님이랑 밥 먹고 가요.
저녁 준비하지 마세요.
− 그렇구나, 너무 신세 지지 말고.

> 안심도 사다 놓고,
> 좋아하는
> 오징어젓도 해놨는데.

뇌가 녹는 거 같아요_ 아들

다녀왔습니다.

- 고생했다, 얼마나 배고파, 밥 먹자. 매우 바빠?
뇌가 녹는 거 같아요!
- 어머, 세상에 어떡해.

걱정이다.
저 시기를 넘겨야 하는데,
새 직장을….
아, 머리 아파.

차 타고 나갔다 오자_ 아들

엄마, 모처럼 집에 있는데 광주 카페 갔다 오자.
- 그래, 네가 피곤해서…, 좀 자, 쉬어야지.

블로그에 보니까
카페에 자작나무도 있고,
까눌레도 맛있다던데.

이 음악 들어봐_ 아들

엄마, 이 음악 카톡으로 보냈어. 들어봐.
- 어, 좋더라 너 샤워할 때 듣는 거지.

이 사람 노래,
라이브로
한 번 들어 보고 싶다.

아내인 나와의 충돌

예쁘다, 사_ 남편

- 이거 어때?
이쁘네, 사.
- 음, 됐어.

다음 주 은빈이네 결혼식인데….

가자_ 남편

이번 주 삼척, 장미공원 가자. 바닷바람도 쐬고.
- 어, 장거리라 힘들어서….

5월은 장미지,
환상이겠다.
그런데 애 밥은.

머리_ 남편

머리 자를 때 됐나?
- 어디 봐, 자르면 깔끔하지.

그 많던 머리숱이….
이젠 다 흰머리네.

안 보이는데_ 남편

- 날이 더워, 뭐가 날아다니네.

재활용
버려야 하는데,
귀찮아.

뭐가, 안 보이는데.

어_ 남편

- 저녁, 굴밥 할까?

간단한 샐러드가
건강에는
좋을 텐데.

어.

바다는 비에 젖지 않는다

새 생명이 찾아오는 순간
시를 적어 축하하고 싶다.
'너는 한 송이 꽃과 같이_ Heine'

Zolle아들애칭를 향해
기억하고 싶다.
'너를 두고_ 나태주'

나무에서 숲이 보이지 않을 때
나직이 들려주고 싶다.
'등산_ 오세영'

심장과 나란히 두고 싶다.
'기도_ Rabindranath Tagore'

생각이 널뛸 때
고삐를 잡아 주고 싶다.
'마음의 주인_ 나태주'

돈과 밥의 지엄함을 깨달은
사내의 삶을 위로하고 싶다.
'돈 1, 라면을 끓이며_ 김훈'

시야의 확대와 상처의 존재가 없다면
아직 그리지 않은 캔버스에 용기를 주고 싶다.
'성장이란 무엇인가_아침에는 죽음을 생각하는 것이 좋다_김영민'

탄생에서 죽음을 도틀어 삶을 평가할 때
염두에 두고 싶다.
'누가 좋은 인생의 이야기를 가지고 있느냐라는 것이다.
_ 김영민'

* Note
시는 언어의 낙원이다_ 폴 발레리
지구상에 서사는 무한하다_ 롤랑 바르트
바다는 비에 젖지 않는다_ 헤밍웨이
인용함.

2부 지구상의 서사는 무한하다

01 글 익는 시간

글 익는 시간

"먼지도 햇볕을 받으면 빛을 발한다."
묵힌 글도 배움을 통해 매끄러운 문장으로 거듭날 수 있
다는 의지가 필연적으로 글공부와 맞닿아, 괴테의 글과 함
께 명료한 동기부여가 됐다. 미뤄 뒀던 만큼 즐거이 하는
공부다. 이전 공부가 밥벌이를 위한 것이라면 지금은 고무
시켜 싱싱하게 깨어있게 한다. 좋아하는 작가의 책을 마음
껏 읽고, 사고의 침전물을 글로 정제하는 흥미로운 시간이
다. 살며 미처 돌보지 못한 결핍을 새김질하고 성찰하는
기회는 덤이다. 늘 관심 있는 대상은 글쓰기다.
문예반 백일장에서 선생님이 사주셨던 자장면과 아폴로
빙과는 종이 상장에 비할 바 아니었다. 맛이 떠오르는 행
복한 기억이다. 그래서일까, '언젠가 이 공부를 하고 싶다'
라는 소망을 적어놓고 40년 만에 위시리스트 맨 윗줄을
지우게 됐다. 고된 제련을 거친 작가의 글을 손끝으로 읽
고, 사유하는 기쁨을 더 미룰 순 없다. 글이 책으로 완성
되는 출판과 SNS의 활용은 앞으로의 화두다. Tool로써
편리성, 시류를 보는 창으로 더딘 속도에 굴하지 않고 꾸
준히 하는 만큼 성취감을 느끼는 무척 매력 있는 대목이
다. 필독 도서를 필사 후 문장을 빗대어 따라 쓰기는 가장
어렵지만, 그 속에 공감 문장과 함축된 단어를 찾는 지적
유희에 계속 책에 머물게 된다. 글쓰기에 진전이 없을 때
는 갑갑함을 시로 씻어내고 다시 집중한다. 공부에 쏟은
에너지가 사고의 녹는점에 다다르면 평소에 보이지 않던

도서관 길목 앙증맞은 개망초, 수레국화, 나무 그늘이 글감이 된다. 달떠서 걷던 길을 충만해 돌아오며 아카시아가 품은 주렁주렁 꽃송이가 부럽지 않다.

앎을 찾아가 닿을 글 송이로 성찰의 틔움을 희망하기 때문이다. 공부에 압박은 있다, 그러나 건강한 긴장감이다. 문학, 비문학의 편식과 내면의 편중을 경계한다. 공부와 글쓰기를 통해 새삼 일깨운 점이다.

*인기 교수의 졸업 축사 중 "스스로 삶을 평가할 때 누가 좋은 인생의 이야기를 가지고 있느냐"라는 묵직한 메시지로 제자를 축하했다. 훗날 아들에게, 사물을 보는 관점, 삶을 향유하는 자세, 사유하고 성찰하는 좋은 인생 이야기가 되길 바란다. 깨우쳐 주시는 품 넓은 스승이 존경스럽고 나이에 갇히지 않고 초롱초롱한 학생이 되는 순간이 행복하다.

내 생애의 시계가 오후 4시를 지나고 있다. 직장이라면 가장 일 많이 하는 코어타임이다. 시간을 샘물처럼 아껴 쓰고, 소실되는 기억을 정리 정돈하고 쓸고 닦는다. 그렇게 몰두하다 보면 팬스레 해거름, 애꿎은 허기가 몰려올 새 없이 밥과 글을 진진하게 익힌다. 공부하면서 가장 좋은 점이다.

*김영민 교수_ '아침에는 죽음을 생각하는 것이 좋다'

배설

원초적 욕구의 발로發露다. 동물적 배설이 필요하다.
거친 풀을 먹고 팽창한 대장을 주체 못 해 손끝 배설을
선택한다. 독자는 불감생심 꿈꾸지 않는다. 부유하는 생각
을 채집하여 글로 옮기는 것이다. 언제 쓸지 모르는 색연
필을 가지런히 정리하는 것과 별반 다르지 않다. 소실되는
기억을 정리 정돈, 쓸고 닦는다. 공평한 24시간을 샘물처
럼 아껴 쓰고 싶다. 식구들은 바쁘고, 물리적인 시간도 제
한적이라, 그들의 보폭에 함께한다. 내가 경제활동으로 한
부분을 셰어했다면, 이젠 재밌게 쉬는 방법을 보여 주고
싶다. 간혹 저녁 준비가 촉박할 때도 있지만 읽고, 사유하
고, 쓰기 위해 집중할 수 있는 지금이 축복이자, 내게 주
는 포상이다. 사랑 많이 받는 외둥이처럼 반질반질 윤기
나는 자존감으로 나답게 살고 싶다. 내 글이 독자에게 읽
힐 일은 1등 로또와 같다. 그러니 부담 없이 쌓이지 않게
배출하자.

* Note
"먼지도 햇볕을 받으면 빛을 발한다."_ 괴테
"거의 모든 명문도 거의 다 형편없는 초고로부터 시작된다.
당신은 일단 무슨 문장이든지 써 볼 필요가 있다.
내용은 뭐라도 상관없다.
시작이 반이라고
종이 위에 쓰기 시작하는 것이 중요하다."_ 앤 라모스

필사筆寫, 벤치마킹Benchmarking

모차르트는 악보 필사로 20대에 손이 기형이 됐다고 한다. 닮고 싶은 작가의 글을 베껴 쓰고, 쓴 문장을 응용해서 내 글로 고쳐 써보는 필사를 한다. 심신의 안정을 주기 위한 필사에서 나아가 작가의 생각이 담긴 글의 구조를 파악하고 독특한 표현방식과 수사법, 어휘 사용 방법을 체득해서 글 쓰는 능력과 통찰력을 넓히기 위해서다.

직장에서 자주 사용하던 'Benchmarking'을 떠올리게 한다. 다양한 경제주체가 자신의 성과를 제고하기 위해 참고할 만한 가치가 있는 대상이나 사례를 정하고, 배우는 혁신 기법으로 복제나 모방과는 다른 개념이다. 필사, 응용 글쓰기도 내가 쓰고자 하는 기준점과 목표치를 명확히 할 수 있는 효율적인 습득 방법이다. 마치 정갈하게 잘 차려진, 내 입에 딱 맞는 음식을 충분히 맛본 후 나만의 레시피로 건강식을 만들어 보는 것과 같다. 고된 제련을 거친 작가의 글을 손끝으로 읽고, 사유를 통해 빗대어 파생되는 문장으로 글력을 키운다. 필사의 성과다.

사랑을 고백해

신통한 게 없다. 시계 시침의 지시에 따라 움직인다.
시간의 중량에 짓눌려간다. 안으로부터 물음을 던진다.
그림 다시 할까, 여행, 퀼트. 그럼, 바이올린을 꺼내
활에 송진을 두어 번 왔다 갔다 한 후 악보를 편다.
재밌지 않다.
어릴 적 부패하지 않은 문예반 기억이 잡아당긴다. 그럼
공부할까, 글공부. 생각만으로 몸과 마음이 반응한다. 자
연스레 도서관을 찾게 된다. 꽃밭으로 조성된 길 따라 걷
다 보면 좋아하는 작가의 신간을 볼 생각에 동동걸음친다.
장석주 작가는 프로필에 '서재와 도서관을 좋아한다.' 소개
하며 심지어 도서관에 사랑을 고백한다. 동감이다.
말고도 내가 왜 도서관이 좋을까? 생각해 보면, 도서관 건
물이 중학교와 이어져 아이들의 재잘거림에 생동감이 느
껴진다. 학생꽃을 보는 건 덤이다. 글공부에 필요한 책을
냉장고 생수 꺼내 마시듯, 천석꾼 만석꾼 곡간이다. 다시
만난 공부가 재밌고 생동감의 바탕이다. 도서관을 찾는 과
정은 지난했으나 결과는 만족이다. 책을 통해 작가의 이야
기를 읽고 요리조리 사유하고 기록하는 과정이 날 걷고
뛰고 여물게 도와준다. 마음에 근육이 붙는다.

「도서관은 진정한 미덕으로 가득한 고대 현인의 모든 유물이
그리고 현혹과 기만이 없는 모든 것이 보존되어 안식하는
신전이다」
프랜시스 베이컨

그레고르를 애도하며

오저증惡阻症

새벽 5시,
알람이 신경질적으로 빽빽 운다. 어제 회식의 여파로 기상이
힘들다. 출근을 준비하는 몸이 물먹은 솜 같다. 통근버스 도
착시간 30분 전이다. 오늘따라 오싹한 한기에 뼈가 시리다.
365일 몸에 밴 노동을 마치고 집으로 가는 퇴근 버스 지붕
이 돈다. 메스꺼움이 당황스럽고 고통스럽다. 히터를 세게
틀고 가는 출근 버스에서 느꼈던 멀미와는 비교할 수 없는
불쾌감이다. 간신히 도착한 거실 바닥에 고스란히 쓰러져 잠
이 든다. 바스락바스락 남편의 라면 끓이는 냄새가 힘겹다.
맨바닥에서 잠이 든 까닭인가 목이 따갑고 조짐이 안 좋다.

새벽 3시,
몸이 떨려 잠에서 깬다. 이마가 끓고 있다. 한밤중 도착한
응급실은 내 증세를 악화시킨다. 동이 트고 학생들의 등굣길
재잘거림이 들리고 나서야 병실 베드를 배정받고 그제야 눈
을 붙인다. 여럿이 걸어들어오는 발소리에 깼다.
의사가 발치에 서서 말한다.

"임신입니다. 오저증에 감기까지 며칠 입원하세요."

부장의 방문

대롱대롱 수액을 달고 앞으로 일이 걱정스럽다.
과연 부른 배로 일을 계속할 수 있을까, 체력이 따라
줄까. 머리가 복잡하다. 점심 배식차가 복도를 지나는
소리가 들린다. 똑똑 노크에 답한다.
'네에'
밥이 아니다. 한창 일할 시간일 텐데 부장이 빼꼼히
병실 문을 열고 들어선다.
"어, 몸이 그러니…."
퇴사를 종용하는 방문이다.
'네, 일하라고 하셔도 지금 상태로 못 할 것 같아요,
바쁘신데 여기까지….'
가서 일 보시고 몸 좀 추스르고 출근해서
사직서 제출하겠다고 원하는 답을 명료하게 전했다.

사직서

눈이 펑펑 사무실 큰 창으로 쏟아져 내린다. 사직서를
제출하고 재가를 기다리고 있다. 대표이사의 호출을
알리는 비서의 잰걸음, 긴급 호출이다.
'네, 부르셨어요.'
"어, 자네는 내가 일을 잘하라고 승진도 시켜주고 했는데
이것이 뭔가?" 내게 결재판을 내민다.
토사구팽兎死狗烹, 그 해 고사성어를 이용해 그간 일을 담담
하게 얘기 후 부서장들의 호출로 접견실이 꽉 찼다.

휴가원

"여기 누가, 내일도 건강하고 모레도
건강할 거라 장담할 수 있나?"
대표이사의 질문을 듣고 난 먼저 자리에서 나왔다.
8월, 기상관측 이래 백 년 만의 더위다. 발톱 깎기 어려워질
만큼 배는 불러왔고 회사에는 휴가원을 제출했다. 율리우스
카이사르처럼 내 아이는 세상에 나왔고 자라는 키를 가로로
만 가늠하며 아이를 6세 반 유치원에 등록하고서야,
온전한 육아를 시작했다.

뉴스

저녁을 먹고 거실에 모여 TV를 본다.
"통계청이 발표한 '2022년 3월 인구 동향'에 따르면 가임 여
성 1명이 평생 낳을 것으로 예상되는 자녀의 수인 합계출산
율은 1분기에 0.86명을 기록했고. 올해도 합계출산율이 1명
을 밑돌 가능성이 크다고 전했습니다. 상당수 인구학자는 합
계출산율이 1.3을 밑돌면 초저출산 사회라고 분류합니다. 올
해 1분기 합계출산율이 역대 최저 수준으로 떨어졌습니다.
출생아 수도 급감한 가운데 사망자는 급증하면서 인구의 자
연 감소도 29개월째 이어졌습니다."

'한국 기행 보자'
남편이 리모컨을 건넨다.

애도哀悼

그레고르카프카_ 변신는 변해버린 상황에서 먼저 지각과
결근을 걱정한다.
그를 방문한 지배인은 현실과 닮아 더 참담하고,
밥벌이로 가족을 부양하지만, 정작 가족들에게
느끼는 섭섭함의 모호성은 한도를 넘어 간악무도하다.

그레고르에게 애도를 표한다.

어린 왕자를 달래다

"장미는 말이 아니라 행동으로 판단해야 했는데
장미는 내게 향기를 선물하고
내 삶을 눈부시게 밝혀 주었는데
난 너무 어려서 장미를 사랑할 줄 몰랐던 거야."
─꼭 그렇진 않아
 바오바브나무 싹을 부지런히 뽑았던 건
 그곳에 장미가 있었기 때문이니까.

"장미 곁에서 불행했어,
그래서 철새를 이용해 별을 떠났지."
─사랑도 기술이 필요한 거래,
 「사랑은 정서적 감정이나 느낌이 아니라 의지와 노력」
 이래. 학자의 귀띔이야.

"어느 날은 태양이 지는 걸 마흔네 번이나 본 적도 있어
사람은 너무 슬플 때 해 지는 걸 보고 싶거든……."
─태양이 지는 걸 마흔네 번이나 본 날,
 장미를 떠날 생각에 슬펐구나.

"내 꽃이 저기 어딘가 있어.
양이 꽃을 먹어버리면 모든 별이 일순간 자취를 감춰버린
느낌을 받겠지."

—누구나 장미 한 송이씩은 있어.
　그런 존재의 부재를 떠올리는 건 고통스러운 일이야.

"세상에 단 하나뿐인 장미를 가져서 세상을 다 가진 것
같았는데 그냥 평범한 장미와 내 무릎만큼 오는 화산
세 개 그중 하나는 아마 영원히 활동을 못 하는 휴화산
이고 그런 걸로는 훌륭한 왕자가 될 수 없어."
—내 아들과 감정의 경계가 맞물려 있구나!
　성공
　명예
　돈으로
　평가하는 삶에서
　「누가 좋은 인생 이야기를 갖고 있느냐」가 으뜸이래
　유명한 교수의 말이야.

"내 몸은 버려진 낡은 껍질 같을 거야
낡은 껍질은 슬플 게 없잖아……."
—유에서 무로 가는 게 자연의 섭리래.
　그래서 더 먹먹하지.
　넌 행성에서 가장 품위 있는 왕자야.

* Note
슬퍼하는 어린 왕자를 달래다.

버트네스크에 끌리는 까닭

굴소년의 우울한 죽음_ 팀 버튼 단편

"소년이 공원을 걸어가고 있다. 예쁘기도 놀랍기도 한 소녀를 만나 꽃에 대한 이야기, 그녀가 배우는 시 수업에 대한 이야기 그리고 그녀가 안경을 써야 한다면 생기게 될 문제들을 얘기한다. 소년은 소녀와 사귀는 일은 근사한 일이라 생각한다. 다만 그녀가 펑펑 울라치면 정말 흠뻑 젖어버릴 테지만, 여러 개의 눈을 가진 소녀와 사귄다는 것이."
소녀는 빨간 입술, 긴 금발, 눈이 아홉 개, 분홍 꽃무늬 원피스와 분홍신을 신었다.
기발하고 괴기스러운 이야기를 진정시킬 작가의 그림과 함께 보면 유머와 공포가 시각에 중화되고 만다. 그의 작품세계가 버튼양식Burtonesque으로 인정받는 근거다. 단편에 기묘함과 비현실적 묘사가 가득하다. 그러나 놀랍게도 현실을 꼬집고 있다.
'굴소년의 우울한 죽음'을 읽고 기발하다고만 할 수 없는 이유다. 팀 버튼은 말한다.
"아이에게 가장 무서운 것은 괴물이 아니라 무서운 어른, 취한 상태로 집에 들어와 다 박살 내는 가족이나 친척이다."
언론에서 아동 관련된 그로테스크한 실제 사건과 작품 속 이야기의 경계가 몽통하다. 그만큼 현실을 풍자하고 비판하는 메시지에 버튼양식은 한계란 없다. 그의 방식은 나이, 소심함, 매너리즘, 장벽, 한계를 과감히 깨고 나와 한껏 상상하라 힘을 돋운다.

말의 중량

연식이 있는 노트북을 보내줘야 할 순간이 왔다.

꺾이고 터치되는 기종을 보고 있는 내게
이동 중 무게를 고려해야 한다는 이성적인 남편을 향해

 '나에게 투자해, 내가 어떻게 될 줄 알고?'

뱉고 보니,
뒤늦게 말의 무게감이 느껴진다.
내가 어떻게 될 목표는 있는 것인지,
목표를 향해 갈 의지가 남아 있는지.
투자를 유치하기 전
차라리 내 쌈짓돈을 털어 내돈내산 후
먼저 목표를 세워봐야겠다.
내가 어떻게 될지를.

* Note
노트북 바꾸겠다고, 으름장 놓다.

장미의 허락

쓰기가 막혀 답답하다.
문학, 비문학 편식하지 않고 추천 도서를 읽고 문단을 나눠
글 구조를 맞춰 쓴다.
말로써 아는 것이지
막상 대입해 글을 쓴다는 것이 어렵다.
그래서 즐겁지 않다.
대출 도서를 들고 도서관으로 간다.
어려운 책은 반납하고,
읽고 싶은 책 김훈, 나태주, 강원국, 황현산, 카프카 책으로
바꿔오는 길에서 생각한다.
재밌고 행복하기 위해 하는 것인데
들이는 노력, 그만큼 성장하기로.
결국 내가 원하는 시, 글쓰기를 나답게 하자, 즐기며 하자,
부담 과한 욕심 내려놓고 즐기자. 일단 쓰자. 겁 없이 쓰자.
내 소리를 용케 듣고는
길가 목향장미의 꽃송이들이 일제히 소담스러운 얼굴로
끄덕끄덕 허락한다. 소신껏 즐기며 공부하라고.
괜찮다고.

* Note
스스로 다독이다.

180   덤

목향장미와 프로스트

바람이
퇴역한 목향장미를
경마 끝낸 말갈기로 이끌면
프로스트가 꽃잎을 얹고 함께 달린다

장미가 내 편안을 허락한 후
꽃잎을 방면한다
분홍길로 구원의 소임을 하는가 하면
훨훨 꽃잎을 펼쳐난다.

탄식
환호
아우성에 편자를 벗고
기수 없는 경주마가
경계 없는 푸른 들을
마실 듯 달린다.

* Note
관찰은 장미와 말을 함께 세워 2막을 상상한다.
점박이 말 가운데 가장 흔한 아팔루사 모색의 패턴 중
프로스트는 짙은 색의 모색을 바탕으로 작고 흰 얼룩이 있다.
목향장미(덩굴장미)

100, 관습적 포만감

백 점
백만 불
백 번
100이 가진 흡족한 안정감은
어릴 적 받아쓰기로 거슬러 올라간다.
받아쓰기에 맞은 개수만큼
작두콩 모양의 빨간색 동그라미랑
*100*점에 밑줄은 꼭 두 개가
호탕한 필체로 그려진다.
그날 하굣길은 집까지 순간 이동이다.

읽고 쓴 글이 담긴,
블로그 파일이 100건이 됐다.
만점 시험지를 펄럭이며 들어서면
애국이라도 하고 돌아오는 열사처럼 맞아주시던
엄마 얼굴이 어렴풋하다.

* Note
블로그#사유를비추다
인스타그램#이더#ether.107

페페의 꽃말

아몬드 페페로미아, 그리스어로 '후추를 닮았다'라는
뜻으로 잎이 두껍고 아름다운 후춧과의 식물이다. 페페
친구들이 인도, 페루, 브라질에서 왔다면 아몬드 페페
이력은 극적이다. 강원도 철원 농가에서 화재로 비틀스
페페 모종이 변이를 일으켜 이를 두 해 동안 번식한 품종
으로, 도톰한 잎에 줄무늬가 있는 아몬드 모양의 기르기
순둥한 식물이다.
꽃말은 '행운과 함께하는 사랑'. 갈구하는 사랑의 이상향이
다. 꽃말은 대표적으로 영국에서 편지를 대신해 메시지를
전했다고 한다. 꽃말과 심지어 꽃송이 개수를 조합해서
꽃다발을 전했다고 하니, 풍류가 흥미롭다.

창가 꽃이 가진 의미로 글을 조합해 보면,
아몬드 페페 옆으로
블루스타펀이 너울너울 자리 잡고 있으니
"행복이 함께하는, 사랑의 달성"은 따논 당상이다.

* Note
페페를 행잉으로 창가에 걸고 환영사를 남긴다.

배롱나무와 무궁화꽃이 피었습니다

정자에는 빨간 플라스틱 의자와 나무 테이블이 있다. 팬을 꺼내 하루 전 마리네이드에 재운 안심을 올리브유를 두른 후 버터 한 조각을 녹이며 굽는다. 초식성 영내에 아침 고기 굽는 향이 퍼진다. 보랭 팩을 꺼내고 맨 밑 초밥 도시락을 꺼낸다. 단단한 근육이 붙길 바라는 붉은 철분과 연삽한 단백질로 나무 테이블에 아침상을 차린다. 군복 입은 아들이 검정 군화를 신고 치아를 다 드러내고 환하게 웃으며 걸어온다. 군복 한쪽은 하얀 태극기 대신 국방색 태극기를 반대편은 네 줄에서 아직 한 줄이 모자란 석 줄을 달고 적당히 그을린 얼굴로 우리를 안는다.

'할머닌?'

─어, 잘 견뎌내고 계셔.

'할머니랑 전화 먼저 해야지'

─그럴래

물리적으로 떨어져 있을 뿐 굳이 바깥 사정을 듣지 않고도 아이는 느끼는 것 같다. 면회 오는 우리를 마냥 반길 수 없는 슬픈 눈을 내게 들킨다.

가족 나들이하던 차는 잠시 집이 된다.

영내 교회 옆 흔하지 않은 하얀 배롱나무가 한겨울 상고대처럼 소복하게 그늘을 내어준다.

오후 5시 복귀 시간이 다가온다.

필요할 것 같아 챙겨온 모기약, 선크림 그리고 PX에서 여름

반바지 얇은 윗옷을 장만해 들려 보낼 준비한다.
아이가 할머니의 마스크팩을 골라 내게 부탁한다.
'그래, 좋아하시겠다.'

전복 껍데기를 둥근 수저로 분리한 후 작은 솔로 뽀얗게
닦는다. 다시마를 먹었을 하얀 입과 소화기관을 다듬어 잘
게 썬다. 찹쌀과 기도와 멥쌀을 섞어 먼저 참기름에 고소
한 향을 입힌다. 오롯이 전복을 넣어 부드럽게 밥알과 염
원이 풀어지길 바란다. 전복죽과 바나나우유를 드시고 면
회 사진을 자세히 보신다. 눈에 넣어도 시원치 않을 손주
의 전역을 기다리고 계신다. 엄마는 거듭되는 화학치료에
반짝이는 눈빛에서 점점 정기가 빠져나간다. 면역 수치가
떨어지는 혈액이 내 피를 졸인다. 병동을 드나드는 횟수가
잦아지고 간격이 짧아진다.
병원 감나무 사이 하얀 무궁화가 맥없이 핀다.

하얀 배롱나무와 흰 무궁화,
그해
치열해서 더 처연한
여름꽃이다.

* Note
할머니는 부대 내 손주를 배려하고,
손주는 바깥 가족을 배려하고
배롱나무와 무궁화는 그래서 더 희게 폈나 보다.

드림캐쳐의 부담감

실내에서 키우기 무난한 식물 중 예쁜 이름 드림캐쳐 아이비를 입양했다. 며칠 적응 기간을 지나 큰 화분으로 옮겨줬다. 알비료를 얹어주며 새 친구에게 눈 뜨면 첫인사를 한다. 아이비는 작고 귀여운 이파리로 연초록 초록 짙은 초록으로 줄기마다 푸름을 채색한다. 간혹 고개 숙인 아이비는 며칠 달래봤으나 헛수고였다. 빈자리가 허전해 다른 친구들의 안부를 자주 묻고 살펴본다. 주말 아침은 우선순위로 챙기는 반려 식물의 조찬모임이 있다. 먼저 수경재배의 물꽂이 친구들이 우르르 와서 신선한 물을 마신다. 유리에 담긴 시원한 물과 그 속에서 풍성하게 잎을 내어주는 그들은 정말 사랑스럽다. 다음으로 비료와 신선한 물을 맛있게 희석한다. 흙 화분 친구의 조찬은 가벼운 물 샤워로 시작한다. 조찬 중, 다른 친구는 다정하게 대하는 편이나, 유독 아이비에게는 혹독한 나를 보게 된다. 어느새 시든 줄기에서 마른 잎을 떼귀 집게 손으로 골라낸다.
'넌 동양 난이 아니야'라고 쏴붙인다.
그런 내 모습에 깜짝 놀라, 아무리 씩씩한 아이비여도 시든 잎 서너 개는 떨굴 수 있고, 그중 약한 줄기가 있을 수 있는데 딴은 살기 위해 안간힘을 다하고 있으련만. 내 탐욕이 청청하게 늘어진 줄기로 지구라도 한 바퀴 돌릴 심사다.
오호통재라!
흠칫 부끄럽다.

"공자孔子는 논어, 위정爲政편에서 말했다.
나는 열다섯에 학문에 뜻을 뒀고, 서른 살에 섰으며, 마흔 살에 미혹되지 않았고, 쉰 살에 천명을 알았으며, 예순 살에 귀가 순했고, 일흔 살에 마음이 하고자 하는 바를 따랐지만 법도에 넘지 않았다."

'쉰, 지천명知天命'
좀 더 유연해지는 시기로 자존심, 고집을 내려놓고 어떠한 상황이 오더라도 차분하게 대응할 수 있는 나이.
'예순, 이순耳順'
인성과 경륜이 쌓이고 사려와 판단이 성숙하여 남의 말을 받아들이는 나이.

이순의 시간을 코앞에 두고 공자의 귀띔을 망각한다.
내가 거두는 식물은 최선을 다해 지켜봐 주고 돌봐주는 것, 나머지는 그들의 몫이다.
아집에서 파생된 집착이 또 다른 애착을 낳지 않게 선선한 이순을 맞아야 하지 않겠나, 내게 다짐받는다.

방심

물꽂이에 소외된 화분, 나한송이 좌초됐다.
믿었던 아이비도 빈사 상태다.

더운 날씨
방심에서 초래된
식물의 앓이에
맘이 편치 않다.

기운을 내
내가 잘 챙길게

힘내
연거푸 사과한다.

산 1

우리나라 산림 비율이, 국토 면적 대비 약 63%를 차지한
다. 핀란드, 스웨덴, 일본에 이어 지구상 네 번째, 나무숲
의 나라다.
도심에서도 쉽게 산을 볼 수 있고 집주변 나지막한 동산
은 좋은 쉼터가 된다. 도시를 벗어나 차창으로 스치는 듬
직한 산자락이 지역별 수종을 달리하며 점잖고 담담하다.

"논어論語 옹야편翁也篇 공자孔子가
지혜로운 자는 물을 좋아하고智者樂水,
어진 자는 산을 좋아한다仁者樂山.
지혜로운 자는 움직이고智者動,
어진 자는 고요하다仁者靜.
지혜로운 자는 즐기고智者樂,
어진 자는 오래 산다仁者壽"

산에도 부드러운 결이 존재하고, 억세고 거친 포말에도 험
준한 산세가 존재한다. 능선 켜켜이 앞산의 산등성을 섬세
하게 이어, 완만하면서 강단 있고, 단단하면서 흘러 물결
치는 서해의 정선처럼 고혹하고 심미적이다. 먼저 능선을
미려하게 그리고, 채색으로 태양을 시간대별로 투영한 색
채는 재연 불가한 내 망막의 호사다. 자연은 도심 속 일상
에서 얻지 못하는 정서를 각자 포용할 수 있는 한계치까

지 기꺼이 내어준다. 온종일 산만 바라보고 있어야 한다면 그런 횡재가 없겠다. 자연이 날 끌어당기는 기절期節이다.

* Note
산을 보고 있으면, 비교할 수 없이 좋다.
능선의 미려함과 재현 불가한 발색은
시각 호사 중 으뜸이다. 산등성의 씰키한 크루아상 결에서
솔향이 날 듯하다.
- 산림 비율은 2년 전, 산림청 통계자료를 근거한다.

산 2

산생이 물어 나른 씨앗
숨탄것을 모아 골을 파고
들고 나는 무량한 틈
켜켜이 역사를 포갠다

줄기에서 흘린 핏빛
오열을 삼키면
천상의 심지深智로
청청한 능선을 거느린 숨이
천 리에 유적幽寂하다.

* Note
강원도산을 바라보며, 단순히 좋아 올려다본 산은 말을 한다.
오래전 살았던 날짐승, 동물들.
그 속을 관통해 과거를 준비하러 가던 선비,
생업을 위해 짐 메고 고단히 다녔을 보부상.
많은 침략의 참상을 목도한 산.
6.25의 흔적도 품고 있으리라.
그러한들 하늘은 다시 산을 키우고 숨결을 이어간다.

모던한 한지 공예

원주에는 질 좋은 닥나무가 자생해 한지를 만들고 이를 보존하는 최적의 장소로 꼽힌다. 조선왕조 오백 년 강원감영이 자리 잡았던 원주에는 당시 행정관청과 기관에 종이를 공급하기 위해 한지마을과 인쇄 골목이 형성됐다고 전해진다. 지금까지 역사를 이어 전통의 맥을 계승 발전시키고 있다.

한 예로 한지 공예 대전, 참여 작품과 수상 작품을 원주 한지 테마파크에서 볼 수 있다.

"한지는 천년 紙千年, 비단은 오백 년 絹五百"

유구성을 실물로 보면서 기능과 형태의 기발함은 지금도 손색없는 하이엔드 명품이다. 더구나 수상작을 유심히 보며 강한 인상을 받는다. 모든 작품의 예술성, 섬세하고 치열한 흔적은 탄성을 자아내게 했으나, 수상작의 면모를 정리해 본다. 간결함, 모던함, 전통 한지 공예의 차원과 결을 달리하는 현대 회화와 같은 참신한 시도다. 한지의 내로라하는 심사위원의 해석에 고개를 절로 끄덕이게 한다. 또 다른 특징으로는 공감할 수 있는 소재의 유쾌함이다.

한지 공예전을 보고, 내 글을 자가 검열하게 된다. 간단명료함, 공감할 수 있는 유쾌함인지. 지루한 내면에 편중되지 않았는지 점검하게 된다. 팝적인 요소가 가미된 한 연예인의 미술작품이 국내외로 회자 되며 고가에 거래되는 이유를 조금 알 것 같다. 더불어 글쓰기에 시류의 흐름을 아우를 수 있는지도 자문해 본다.

발갛게 부르튼 종이 구슬

한 움큼 손목에 두른 널
무게만큼이나 가벼이 봤구나
본디
닥나무 잘라 뜨겁게 벗겨내
다듬고 말린
발갛게 부르튼 손을 정녕 잊었구나

그렇게
뜨거운 잿물에 새하얗게 질려
방망이질로 본색을 다그쳐
태형笞刑을 견뎠을 터인데

닥풀 물에 갈기갈기
무명으로 사라질 즈음
발로 길게 고초苦楚만 떠 올려
태양에 바치면

비로소
천년의 목숨줄로
세검정에 먹을 털어
다시 보자 한 널

오천 원 값에 그만
새들하게 대했다니
그뿐이겠느냐

박새 발목보다 가는 새끼를 꼬아
세 겹 세 겹 다시 네 방향으로
한 올씩 잡아 꼬아
어르고 어르니 *한지로 하다

손부리 발갛게 부르터
그 자리
허옇게 거스러미 피고서야
잘린 닥나무 살점

모나지 않은
종이 구슬 틔워
귀하게 온 널
이제야
애초롬하다.

* Note
한지로 하다 – 반지르르하다_ 방언(강원).
한지 팔지를 '원주 한지 공예전'에서 사서
팔지가 겪었을 고초에 시를 지어주다.

액세서리의 의미

외출 준비하며 액세서리를 고른다. 검정 원피스만으로 칙칙해 진주 목걸이를 택하고 검버섯을 무마할 심사로 침침한 눈으로 한 번에 걸리지 않는 팔지에 코를 갖다 대고 여러 번 시도 끝에 겨우 채운다. 그렇게 장착 의식을 마치고서야 집을 나선다.

팬데믹 이전에는 사뭇 달랐다. 가장 가까이 손에 잡히는 옷을 입고 액세서리는 사족蛇足에 불과했다. 그런 나를 바꾸게 한 계기는 한 날 받은 후배의 문자였다. 오랜 병환 끝에 시어머니가 소천하시고 코로나로 이제야 얘기한다며, "언니, 좋은 거, 새것 우선으로 다 입고 쓰고 하세요. 어머니 짐 정리하며 서랍에서 태그도 떼지 않은 새 옷이 나오는데…." 울먹인다.

팬데믹을 통과하며 바뀐 생각을 의식적으로 행동한다. 산 다람쥐가 도토리를 땅에 묻고 다 찾아 먹지 못하듯. 유한한 삶을 영원히 살 것처럼 다음으로, 귀찮아서 미뤘던 습관을 쇄신한다. 그렇다고 새 짐을 늘릴 생각은 추호도 없다. 지나온 시간만큼 모아온 자원을 활용해서 모습을 단정하게 한다. 오늘이 마지막 날이라는 비장한 말 대신 여한, 후회가 남지 않는 삶을 산다. 안 보이는 팔지 고리쯤 기꺼이 시도하면서 숨 쉬고, 바람을 느끼고 가족과 함께하는 순간을 좋은 모습으로 살겠다 되뇐다.

마 슐 슈 리

으레 밥을 먹고 나면 마루 끝에 서서 조금 전 먹은 숟가락을
주문과 함께 사정없이 마당을 향해 던진다.

'*마 슐 슈 리*'
주문에는 규칙이 있다.
끝 자 '리'에서 흥을 담아 던진다.

맛있고 만족한 식사를 했다는 포만이 주는 흥을 주체할 수
없어 애꿎은 숟가락이 날아다녔다.
크게 야단을 맞거나 제압의 기억은 없으나
다른 가족은 각자 은수저가 있었음에도 유독 스텐 숟가락을
사용한 차별의 흔적은 남아 있다.
근거로 나만 어릴 적 은수저가 아닌 유아용 스텐 숟가락이
모진 충격에 살아남았다.
툭하면 내던지는 통에 누릴 평등을 내어주고
자유를 얻은 격이다.

숨소리도 쪼개 조용히 이용할 도서관에서 그 흥이 샌다.
좋아하는 작가의 책을 호기심에 푹 빠져 읽는다.
읽어 가다
이거다 하는 문장이나
찾던 *단어*가 나오면

나도 모르게 군소리가 새어 나온다.
만화방에서 낄낄대고 읽는 만화책도 아니고 머쓱해서
주위를 둘러본다.
그 장에서 설망어검舌芒於劍에 움칫 베일 줄이야,
예상을 할 수 있겠냐마는 이곳은 엄연히 만화방도
내 집도 아닌데 말이다.
괜스레 앉았던 의자를 공손히 무소음으로 들어
밀어넣고는 오늘은 두 걸음 전진을 위한 일 보 후퇴다.

* Note
'마슐슈리'의 잘못된 금쪽이 행동을
재롱으로 기억해 주는 부모님께 감사드린다.

땀을 먹고 온 열무

열무가 김치로 완성되기까지
과정을 다시금 생각한다.
열무 씻고
작고 통통한 열무 뿌리를
일일이 다듬다 보면, '좀 적게 먹을까?' 갈등한다.
하지만 밭에서 허리 못 펴고 길러낸 농부님네
수고를 떠올리면 최선을 다해 다듬게 된다.
열무가 호락호락 만드는 과정을
쉬이 허락하지 않는 것은
농부님이 떨군 땀을 먹고 자란
열무의 의리인가 보다.
고맙게 먹으라고!

손을 거쳐 열무가 김치로 사각 통에 담기면
세상 간단한 한 통의 정갈한 김치로
땅속 깊은 맛을 낼 느긋한 숙성을 기다린다.

* Note
김치를 만들며 다듬고, 씻고, 절이고,
채수 만들고, 또 씻고, 버무리고, 담고,
뒷정리까지 하고 나면 채소의 긴 여정 속에
농부의 땀이 느껴져 허투루 대할 수 없다.

배추

밑동 잘린 채 간에 잠겨
보시기 찬이 될라치면
아삭, 가리왕산 바람 맛

선선히 키워 살이 찬
슴슴한 물김치
쨍, 홍전천 시-원한 맛

이래저래 달감甘 식食
이만
배추拜趨 하리.

피에스,
육백 층층대, 자는 바다에서 시작해
오목눈이 눈동자 결백한 땅에 숨어
희고 푸른, 물 찬 날개로 우화를 기다린다.

* Note
7~10월 출하되는 여름 배추는 사람도 살기 좋다는
해발 600m 이상의 지역에서 재배된다. 수분함량이 95%로
매우 높아 열량은 낮고 식이섬유 함유량이 많다.
생것, 13kcal/100g 대장암 예방에 좋다.

나를 독려하는 말

수구초심
-열심히 살자.
멈추지 않고 계속 나아가도록 독려하는 말
-근면, 성실 하자.
가족의 안녕과 행복은 인생 목표
-어떠한 상황에서도 가족이 최우선이다.

공것이 있을 거라는 어리석은 생각조차 말자
-이 세상 공것은 없다.
정직이 최선의 정책Honesty is the best policy
-거짓을 말하지 않는다.
민폐 주의
-남에게 폐 되는 일 하지 말자.

기꺼이 주자
-아낌없이 주는 나무.
아침에 눈을 뜰 수 있음에 감사
-늘 한결같이 감사히 살자.
아끼지 말고, 풍성하게, 가장 예쁜 모습으로 살자.
-모든 호흡마다 그 순간을 살라, 후회 없이 살다.

02 사치, 더 슬픈 사치

수석壽石

꽃을 좋아한다
사진 폴더 9할은 꽃이다
잠시 보아도 예쁜 꽃

수석을 좋아한
시인의 마음에
천석泉石은
명산의 꽃이었을까.

* Note
박두진 문학관에서

초가에 흰 박꽃 피면

낮은 담 흰 박꽃이 단침 흘리며 오수에 빠진다.
깰새라 디딤돌 한 장 한 장 발소리 죽여 보은에 한 청년의
이야기를 따라 걷는다.

4남 4녀중 3남으로 말이 없고 조용한 아이였다고 한다.
지인이 전하는 그는,
─어릴 적 별명은 돌멩이, 늦게 얻은 아들이라 오래 살라고
  그런 별명을 지어 불렀다._ 최영성 노인
─귀염성과 말투에 애교가 있고 인기도 많았다._ 서정주
─문학을 위해 사는 보람에 도취되어 살았다._ 이봉구
─아름다운 환상과 직관의 시인이었다._ 김기림
문학 친구들로는
안성에서 동문수학한 두 살 위인 박두진이 있다.
이후 휘문 문예반에서 만난 특별히 그를 아꼈던 정지용과
사제지간으로 시의 어휘나 기법에 영향을 많이 받는다.
그가 출간한 시집 '나 사는 곳' 속표지 그림을 이중섭이
그려 선사한다.
두터운 친분 관계였던 이육사에게 전 한 자작나무 껍질을
씌워 만든 엽서,
"백화 껍질이요, 이곳은 나무가 만소. 동무들에게 소식
전해주시오." 가 전해진다.
비운의 역사 속 그가 남긴 시 일부다.

어머니를 그린 동시,

내 생일 _ 오장환
두루루루
두루루루
빈대떡 부치려고 가—는 매
내일은 내 생일
두루루루
두루루루
엄마는 한나절 맷돌을 간다.

고향을 그리워한 시,

고향 앞에서 _ 오장환
흙이 풀리는 내음새
강바람은
산짐승의 우는 소릴 불러
다 녹지 않은 얼음장 울먹울먹 떠내려간다.
중략

조국 현실에 아파하며 희망적 미래를 염원한 시7~8연,

병든 서울_ 오장환
  .
팔월 십오일 구월 십오일
아니 삼백예순 날
나는 죽기 싫다고 몸부림치며 울었다
너희들은 모두 다 내가

시골 구석에서 자식땜에 아주 상해버린
홀어머니만을 위하여 우는 줄 아느냐
아니다 아니다 나는 보고 싶으다
큰물이 지나간 서울의 하늘이……
그 때는 맑게 개인 하늘에
젊은이의 그리는 씩씩한 꿈들이
흰 구름처럼 떠도는 것을…….

아름다운 서울, 사모치는, 그리고 자랑스런 나의 서울아,
나라 없이 자라난 서른 해,
나는 고향까지 없었다.
중략

오장환은 서른 중반도 못 넘기고 지병으로 별이 된다.
그를 기억하고 연구한 흔적에는 그의 천재성을 칭송한다.

배추가 절여지는 짬, 버무릴 채수에 고춧가루 불리는 동안
써 내려가는 글에 논조와 사상이 있겠는가,
새벽바람 사초롱 키운 자식이 꽃다운 나이에 지고 말았으
니 스치는 인연에 가시가 박혀 이렇게라도 기리는 것으로
갈음한다. 1988년, 광복 후 40여 년간 논의조차 불가능했
던 월북 문인에 대한 해금 조치로 2005년 마침내 귀향이
다. 흰 박꽃이 핀, 두루루루 두루루루 엄마가 생일 때 맷돌
갈아 빈대떡 부쳐 주시던, 울먹울먹 그리던 고향으로.

휘문의 까마득한 후배인 남편에게 문학관을 나오며
묻는다. 그래 동아리는 뭐 했어….

* Note
충북 보은, 오장환 문학관에서

사치, 더 슬픈 사치

굳어가는 머리 세포를 최대한 늦추는 방법으로 글공부한다.
한 단어가 가진 특징을 끄집어내 가로 세로로 그것으로 모자
라 방사형으로 단어를 해부한다.
해체돼 속을 벌리고 있는 단어에 나만의 스키마도식를 투사해
굴절되는 공통점을 찾는다.
그렇게 얻어진 결과는 글감으로 노곤히 다져지고 풀어져
시나 산문으로 박제된다.
해체된 단어 중 식탁과 다이어트를 도마에 가지런히 올려
색깔, 촉감, 크기를 살펴보고 둘의 공통점과 차이점을 바르기
시작한다.
발라 들어간 공통점에서 사치란 단어가 진물처럼 비집고 흐
른다.
식탁을 생각하니 사치가?
어쩌나,
다이어트에서는 더 슬픈 사치가 터져 버리고 만다.
의식의 흐름을 탓할 수 없으나 수업의 분위기는 항상 내가
깨는 판국이니 이번도 예외는 아니다.
걸으며 애꿎은 동글동글 귀여운 개망초에 묻는다. *왜 그랬을
까?* 단초를 찾는다.

얼마 전 본, '감자 먹는 사람들반 고흐'은 동생 태오에게 쓴 편
지에 쓰여 있다. "나는 램프 불빛 아래에서 감자를 먹는 사람

들이 접시로 내민 손, 자신을 닮은 바로 그 손으로 하는
노동과 정직하게 노력해서 얻은 식사를 암시하고 있다."
식탁에 둘러앉아 감자로 가는 손길과 맑고 선량한 눈망울
말고는 채도가 깊숙이 낮다. 그리고 터무니없이 적은 양의
감자.

꽃이 아니어도 녹색 식물이 있는 식탁에
하루 애쓴 가족이
도란도란 소통하며
먹는 집밥을 떠 올리다,
나도 모르게 버스에서 어린 누구의 발을
밟은 느낌을 받는다.

대리석 식탁,
나무 식탁,
한 번 쓰고 접어 버릴 신문지 식탁

사고를 넓이면 넓일수록
검소를 먹고
감사를 식탁 등에 밝힌다.

바람의 호읍號泣

현충일, 순국의 넋을 기리는 슬픈 구름이
비 님을 통해 조위한다.
소리 내어 바람이 낮고 길게 운다.
젊은 병사의 전사를 목도 한 바람이 호읍號泣을 이끌어
처연하게 분다.

어머니에게 금방 돌아오겠다고,
와서 들마루에 둘러앉아 단맛 나던 아욱국을
먹고 싶었을 거다.

어린 아내의 봉긋한 배를 매만지며
아이가 태어나기 전 승전보를 들고 돌아오겠다고
다짐했을 거다.

전선의 골마다 바람이 전한 참상은 참담했으리라.
목놓아 우는 바람이 넋을 기린다.

이제 그대의 눈물은 비 님이 맡을 것이니,
6월의 애도는 후손에게 맡기고
그분의 몫을 더해
치열하게 강건하시고 행복 하시라고,

순국선열께 고개를 숙여 연도의 묵념을 올린다.

필운대의 6.25

일요일 기숙사는 미증유의 혼란에 빠진다.

1950년 6월 25일 일요일 오후, 학교와 거리가 가까운 순서로 학부모님이 속속 도착해 딸과 함께 피난길에 오른다.

사태를 파악하신 선생님의 지도하에 모두 기숙사를 비우고 과학실로 옮겨 숨을 죽이고 있다.

엄마는 충청도 합덕에서 유학을 온 터라 애타게 할머니를 기다리고 있다. 그 와중에 필운대 여학교는 북한군의 주둔지가 돼 버렸다.

온갖 꽃이 핀 교정에 세일러복을 입고 삼삼오오 손잡고 걸어 다니던 학생은 더 이상 볼 수 없다.

주둔지가 된 학교는 식사도 북한군이 먹고 물러나야 겨우 끼니를 챙길 수 있었다.

북한 장교는 음악실의 피아노를 치곤 했는데, 그 소리마저 공포였다고 한다. 어린 북한군은 라디오에서 나오는 방송을 듣고 "그 안에 사람이 숨어 있는 거 아니냐"라고 물었단다. 밤에는 선생님의 기지로 북한군에게는 기숙사로 간다하고는 모두 과학실에 모여 잤다고 한다.

대혼란의 전쟁통에 할머니는 학교로 엄마를 데리러 오셨고 선생님은 주먹밥 몇 덩어리와 설탕 조금을 쥐여주셨단다.

그렇게 할머니와 엄마는 꼬박 일주일을 걸어 가족이 있는 공주 마곡사에 도착했다. 철길을 따라 걷다 밤에는 주변 민가에서 잠깐 눈을 붙이고 다시 피난 행렬을 따라 걸을라치면 쏟아붓는 포탄의 무차별한 비극의 참상은 훗날 트라우마를 남겼다.

논 옆으로 피한다고 피했을 피난민의 주검과 네 다리를 하늘로 뻗은 동물의 사체, 조금 전까지 함께 걷던 피난민에게 닥친 죽음은 글로 차마 옮길 수 없는 전쟁의 참상이다. 이를 겪은 엄마는 여전히 비극을 증언하고 전쟁의 흉터를 갖고 있다.

멀건 풀죽에 채소를 뜯어 넣고 함께 나눠 먹던 기억을 떠올리신다. 엄마의 근검절약에는 전쟁의 혹독함을 이겨낸 어린 학생의 아픈 경험과 결기가 비롯했으리라 공감한다.

그런 와중에 엄마의 눈이 반짝이는 순간이다.
피난 생활에서 겪는 어려움을 모두 함께 나누고
서로서로 의지했다고 한다.
피난민을 대하는 민가의 사람들은
매몰차지 않았던 모양이다.
이 대목이 전쟁을 극복하고 오늘을 만든
겨레의 저력이라 생각한다.
우리는 힘들 때 함께 하는 민족이다.

그날을 목도 한 필운대에 2022년 6월이 지나고 있다.

강화성당 정문 난간, 그날의 상흔

밤새 무섭게 퍼붓던 비가 참참한 아침에 밀려난다. 시원한 들판과 고즈넉한 강화를 가벼운 마음으로 찾아간다.

먼발치에서도 예사롭지 않은 건축물이 역사를 품고 그곳에 있다. 외부 경관은 전통 한옥 고건축기법을 따랐으나 종교적 중층구조인 내부는 서구교회의 전통 건축 바실리카 양식으로 한옥과 서구교회 문화의 조화로움이 곳곳에 보인다.

1893년 갑곶이 나루터에서 시작한 강화성당의 역사를 '우리나라 가장 오래된 한옥 성당'이라는 한 문장으로 설명하고 있다. 4년 후 조선 왕실 오늘날 해사, 영국인 교관으로부터 관사와 대지를 매입해서 선교본부가 강화 성내로 이전 했고 이를 계기로 1900년 성당으로 축성한 역사를 딛고 있다.

한여름 볕에 강화 용흥궁공원이 달궈지고 있으나 열기 사이사이 선선한 바람이 섞여 천천히 걸을 만하다. 성당으로 오르는 일행들 사이로 정문 돌계단이 보인다.

종교와 역사에 경의를 표한다. *라브린스를 따라 1900년 이곳을 떠올리며 천천히 걷는다.

성당 처마 밑으로 시원하고 쾌적한 바람이 보리수나무 밑을 지난다. 되돌아서 정문으로 내려오는 계단 참에 한글과 일본어, 안내문이 눈에 들어온다.

'1910년 한국을 강제로 병합한 일본제국은

식민 통치 말기인 1943년에 태평양전쟁 수행을 위해
국민 총동원령과 더불어 전쟁 물자공출을 이유로
강화성당 정문 계단 난간과 종을 강제로 징발했다.
이후 2010년 11월 일본 성공회의 참회로 난간을 복원했다'
라는 내용이다.

백 년을 넘긴 돌계단을 낮은 자세로 살펴본다. 난간은 잘려
나간 흔적, 수탈의 흉터 그대로다.

어쭙잖은 종이 한 장에 일제 수탈을 기록한다는 것에 이미
가슴은 답답하다.

이른바 동화정책이라는 이름으로 한국 민족말살정책을 악랄
하게 강행한 데 이어 일본제국주의는 한국 민족을 지구 위에
서 소멸시키려 했다.

그러나 우리 민족의 항일 독립운동이 전 세계 약소 민족의
모범이 될 만큼 완강하고 줄기차게 전개됐기에 일제의 말살
정책은 실패로 끝났다.

잔악무도殘惡無道한 수탈정책은 토지약탈 당시 국토 면적 62%
에 해당하는 실로 방대한 것이었다. 우리 민족의 문화유산도
참담하게 대대적 약탈과 파괴로 이어졌다. 조선광업령이라는
미명 아래 일본인 소유의 광산액은 한국인 소유의 300배에
달했고 그 결과 전국의 무연탄, 흑연, 동, 아연, 텅스텐, 몰리
브덴광은 일본재벌이 독점, 금, 은광도 대부분 일본인 소유로
됐다. 이러한 방식으로 광산자원을 약탈 후 일본으로 실어갔
다. 심지어 한국의 황금어장을 독점, 당시 세계어획고 2위를
약탈로 기록했다.

어떻게 다 열거할 수 있을까.

무겁고 답답하다.

호남, 나주의 기름진 쌀은 군산, 부산을 통해 일본으로 곡식

또한 약탈했다.

전국 산하 어느 한 곳 빠짐없다.

산림침탈은 벌목과 송탄유를 얻기 위해 소나무 고혈까지
짜내는 만행에 이르렀다. 강원, 충남, 전남 깊은 산속 소나
무도 예외는 없었다. 당시 송진 수탈로 피 흘리고 여태 아
물지 않은 상처를 내보이는 산림의 노송들은 몸으로 증언
하고 있다.

구순의 어머니는 당시 일제의 만행을 말씀하시며

'고사리손을 부려서 산에 솔방울 한 톨도 모조리
분탕질했다.'

그 지독함에 고개를 저으신다.

속도를 늦추니 자세히 면면을 볼 수 있게 된다.

강화성당의 난간은 일제 약탈의 상흔,

그 아픔을 증거하고 있다.

본 것을 무겁게 기록한다.

* Note

한국민족대백과사전을 참고함.

라브린스Labyrinth는 신성한 문양이다.

때로는 중심부로 때로는 주변부로 이끄는,
미로와 같은 통로가 새겨져 있다.

고대 신전, 오래된 성당에 남아있다고 함.

03 감상

소공동 숲

양명에 발각되는 은폐물
번쩍, 섬광에 껍질을 벗고 깃을 꺼낸다
푸드득 날갯죽지를 털고
잿빛 장폭을 뚫고, 흰 숲으로 날아오른다.

여명이 깨기 전
하얀 정령을 털어내고
소공동 숲에 숨는다

표범, 들소의 은폐물이 소공동 빌딩 숲에
얼룩말은 우체국에 숨고
시청이 살찐 올빼미인 줄은

살짝살짝 태양에 본색을 들키지만
화단의 보라 비비추 말고
쉽게 알아채는 사람은 없다.

* Note
태양의 난반사에 도심 빌딩의 실체가 발각된다.

잿빛 물방울로 의심은 시작한다_ 1

출근

AM07:40,
몇 분 상관에 쫓기지 않는 출근길이 조직에 에이스가 된
양 뿌듯하다. 물티슈를 톡톡 뽑아 닦는다. 책상 왼쪽에서
오른쪽으로 결대로 닦던 중 '물방울'이다. 며칠 전 봤던 회
색 물방울, 모니터 모서리를 타고 흘러 작은 종기처럼 고
여있다.
'어디서 떨어진 거야' 고개를 들어 천장을 올려다본다. 높
은 천장에 일정한 간격으로 매립된 조명이 무관한 듯 쨍
한 세기로 노려본다.

분주한 하루

PM04:20,
공들인 보고서가 3일 만에 재가를 얻어 개운한 기분은 잠
시, 앞으로 파생될 업무가 첩첩산중이다. 손끝의 느낌이
차다. 점심시간이 훌쩍 지났다. '속이 빈 게 나을 수도' 퇴
근 후 먹을 집밥을 생각하며 생수를 마신다. 워라벨의 적
극적인 의지는 퇴근 시간 이후 건물 전체 소등이다. 데드
라인이 코앞인 잔무가 집까지 동행한다.

우화羽化

AM02:00,
잿빛 연무가 사무실로 스낵 봉지에 질소를 채우듯 전체로 찐득하게 퍼진다. 순식간 박제된 노루처럼 실내는 진공상태에 빠진다. 우체국 정면 큰 창이 점점 불투명한 잿빛 장폭으로 일렁인다. 지금이다. 우체국이 우화한다. 미끌한 껍질만 남기고 일렁이는 장폭 너머에 닿는 앞굽이 꺾였다 퍼진다. 검고 하얀 말이 꼬리에 한 움큼 잿빛 연기를 달고 '쭈꾸쭈꾸 서식지'로 달리기 시작한다. 메밀 꽃밭 같은 하얀 덕을 힘차게 달린다. 갈기가 물결치며 회색 얼룩말이 달린다.

갈증

달려 도착한 하얀 덕 정상에는 에메랄드빛의 달이 물속에 있다. 고개를 겸손히 묻고 물을 넘긴다. 갈증으로 쉽사리 물가를 떠나질 못한다. 실컷 목을 축인 말의 눈동자가 푸른빛을 띤다. 먼저 자리한 숨탄것의 무리가 서로 눈을 깜박이며 정령의 환영에 답한다. 온통 반딧불이 빛으로 반짝인다.

동이 튼다

소공동 숲에 캄캄함이 담채색으로 변하고 있다. 왔던 길을 되돌아 장폭을 건너기 전 몸을 턴다. 세차게 갈기를 흔들어 하얀 정령을 남김없이 털고서야 건널 수 있다. 잿빛 연무가

에테르처럼 휘발하면 길쭉하고 빽빽한 우체국의 껍질을
입는다. 모두 원 상태다.

잿빛 물방울

AM08:00,
"좋은 아침", 레이첼.
네, 이발하셨죠! 션 프로님.
"어, 더워서…."
톡톡 물티슈를 뽑아 책상을 닦는다. 키보드에 올려둔 생일
선물로 받은 볼펜의 보라 깃털이 축 늘어져 있다. 그 옆으
로 팥알 크기의 회색 물방울이다. 고개를 갸우뚱한다. 뭔
가가 이상하다는 생각이 들기 시작한다.

* Note
유리로 마감된 마천루에 빛이 반사되면, 얼룩말, 전갈, 물뱀,
올빼미 동물의 패턴이 보인다. 그렇게 왜곡된 시각에서
도심 은폐된 빌딩의 변신이 시작된다.

라벤더 물 주기

시청 조경사는 긴 호수를 도서관 옆 수도에 연결하고 꿈틀
대는 스프레이 건을 잡아채 라벤더 화분에 정조준한다. 시청
앞 푸른 잔디에 연무가 퍼진다. 작은 물방울에 햇빛이 반사
해 오색 구슬이 빠르게 부유한다. 관광을 왔음 직한 외국인
들은 걸음을 멈추고 사진을 남긴다. 시청 외벽의 유리블록이
햇빛의 반사에 따라 색을 달리하며 반짝인다.

시선 잡는 차량

PM03:30,
삼삼오오 회전문을 통해 스킨답서스 실내조경을 손으로 가
리키며 시청으로 들어간다. 목에 긴 ID 카드를 늘어트린 직
원의 무리가 빨려 들어간다. 그 옆을 하얀 싸이카 여러 대의
호위에 검은 차량이 시선을 끌며 빠르게 통과한다. 행인은
손에 쥔 커피에서 입을 떼고 차량이 가는 방향으로 모두 고
개를 돌려 바라본다.

걸린 날갯죽지

AM02:00,
덕수궁에서 흘러드는 어스름이 시청으로 번진다. 양명에 은폐된 올빼미가 딱딱한 유리 껍질에서 깃을 뽑는다. 오른쪽 날개를 펴고 왼쪽 날개가 걸려 볼록한 눈동자를 빠르게 굴려보지만, 우화가 늦어진다. 오른쪽으로 누운 자세로 힘겹게 날갯죽지를 빼내고서야 푸드덕푸드덕 호흡을 정돈한다.

하얀 나무

장폭을 넘어 크게 선회하며 하얀 나무 꼭대기를 향해 차고 오른다. '쭈꾸쭈꾸서식지' 나무 열매가 탐스럽다. 올빼미가 부리를 좌우로 교차하며 부지런히 먹는다. 겉껍질은 에메랄드빛처럼 반짝이지만 속살은 눈과 같다. 올빼미가 가장 좋아하는 아람이다.

달이 부른다

흰 숲 정상 푸른 물속에 달이 빠진 채 뻐금뻐금 숲의 정령을 모은다. 인간계 여명이 채비할 즈음, 숨탄것들과 반짝반짝 혼을 나누느라 조금씩 늦는 정령도 있다. 하얀 숲을 가르고, 날고, 달린 소공동 은폐물 무리가 떠나야 할 때다.

살찐 올빼미

길게 줄 선 무리는 도저하게 자신의 차례를 기다린다. 간혹 깃털에서 잠에 빠진 어린 정령을 깨우기 위해 세심히 부리로 털어내야 한다. 푸른빛 아래 우아한 이 모습은 마치 인간계의 춤사위 같다. 간밤에 깃이 안 빠져 당황한 올빼미 차례다. 장폭을 넘어 시청의 딱딱하고 빡빡한 유리블록 껍질을다시 입는다. 아, 깃털이 꺾일 정도로 힘겹다. 올빼미는 알고 있다. 전과 다르게 배가 불룩하게 살이 올랐다는 것을.

대화

달이 얘기한다,
"올빼미님, 장폭 건너기 어떠세요?
어쩌죠, 얼룩말님은 쭈꾸쭈꾸로 못 오고 있어요.
부드러운 우화를 위해 소공동 숲에만 있다는 건 너무 답답한 노릇이죠. 다음, 다음 또 다음 밤쯤 건너올 수 있을지.
얼룩말님 꼬리에 올라타고 노닐던 어린 정령들이 얼마나 기다리고 있는데요."
올빼미가 소공동 숲에서 느끼는 허기를 그동안 아람으로만채웠다는 걸 깨닫는 순간이다. 대신에 정령들과 흰 숲의 정기를 마셔 볼 계획을 달에 전한다. 지쳐있던 올빼미는 이제야 생기가 돈다.

잿빛 물방울로 의심은 시작한다_ 3

우체국

PM02:00,
부쩍 늘어난 연말연시 수화물로 우체국은 포화상태다. 레이첼은 한참 전에 도착한 두툼한 우편 봉투를 앵무새가 앉아있는 봉투 나이프로 입구를 자른다. 작은 책자다. "시민과 함께하는 열기구 체험행사" 브로셔다. 오늘 오후 4시 일정표를 읽어 보던 중, 창 쪽이 어두워지는 걸 느낀다. 그때 남산을 넘어 검게 떠오른 열기구가 우체국을 향해 덮칠 기세로 날아온다. 몸과 생각이 얼어붙는다.

열기구의 충돌

산 너머 체험행사장에 묶어뒀던 열기구가 그만 풀린 것이다. 곧장 우체국을 향해 날아온 열기구가 건물 옥상에서 국기 게양대까지 늘어진 연말연시 광고판과 충돌하며 열기구 가스통에서 굉음과 함께 불꽃이 옮겨붙어 타오르기 시작한다. 순식간에 일어난 일로 건물에서 쏟아지는 불티를 이리저리 피하려는 사람들로 주변은 돌연 아수라장이다.

그을린 건물

20개 층 동쪽 유리 벽은 불에 탄 광고판이 녹아 붙어 마치 용암이 흘러 내린 듯 그을렸다. 반고정 창이 열려있던 27층 동쪽 회의실은 불똥이 튀어 내부의 카펫과 블라인드, 커피 자판기에 화마의 자국을 남겼다.
스프링클러에서 쏟아진 물과 그을림으로 화재 현장은 외부에서 보는 것보다 상황이 좋지 않았다.

뚝뚝 떨어지는 물방울

대회의실 큰 창 주변으로 이슬보다 큰 회색보다 진한 잿빛 물방울이 흐른다. 레이첼이 아침에 책상을 닦으며 봤던 물방울 색깔과 똑같다. 화재 수습으로 모두 정신이 없는 사이 장폭 주변으로 잿빛 물방울이 상처의 진물처럼 얇게 계속해서 맺히고 있다. 화재의 연기로 뿌연 건물 안 곳곳에서 매캐한 냄새와 그을음이 벽면을 타고 천장으로 이어진다.

흰 눈물

AM02;00
장폭은 훼손됐다. 우화를 기다린 얼룩말은 건물의 변형으로 꼼짝없이 갇히게 됐다. 더구나 불티로 얼룩말의 오른쪽 눈이 희미하다. 이 소식은 쭈꾸쭈꾸로 전해져 푸른빛 정령의 슬픔으로 푸른 빛은 자취를 감추고 온통 강파른 흰색으로 바랬다. 도시의 은폐물이 발각되는 것도, 얼룩말의 수려한 우화를 볼 수 없는 것도, 얼룩말의 안녕과 바꿀 수 없다. 소공동 숲에서 7일을 5번 넘기고 오늘 우화만 기다리고 있었다. 물 한 모금 먹지 못한 채 얼룩말이 위태롭다.

오로라

소공동에서 시작된 성탄 추리의 반짝이는 불빛은 이곳이 인간계란 생각을 잠시 잊게 한다. 길은 몰려드는 인파로 붐빈다. 엄마 손에 이끌려 공룡이 붙어있는 벙어리장갑을 낀 아이의 머리 위로 찬연한 에메랄드 빛줄기가 번뜩인다. 하얀 눈송이가 푸른 섬광에 물들어 인파의 머리 위에 내려앉는다. 우체국 광고판이 있던 동쪽에서 시작한 푸른 눈송이가 건물에 소복이 쌓인다.

성탄절의 기적

겨울밤 도심에서 오로라를 경험할 수 있는 확률은 지구에서 달까지 백만 번 왕복해야 가능하다. 우체국 건너편 백화점 광고판에서 속보가 요란하다. 성탄 거리에 하얀 눈과 오로라가 신비한 장관을 연출한다며 흥분된 아나운서가 자료화면을 경이롭게 쳐다본다. 성탄절 오로라에 물든 푸른 눈을 구경하는 사람들 얼굴에는 신기하고 행복한 미소가 장폭 너머 흰 숲을 떠올리게 한다.

회복하는 얼룩말

흰 숲 정령은 눈물을 모아 푸른 눈송이를 날려주고 있다. 이를 모를 리 없는 얼룩말은 고개를 들어 익숙한 정령의 향기를 깊게 들여 마신다. 기신기신 숨쉬기가 훨씬 편한 정령의 정기에 희미한 눈이 조금씩 맑아지는 기운을 느낀다. 우체국 외벽은 차츰 외상을 회복하고 있고, 장폭을 넘어갈 시간도 가까워지고 있다. 사람들은 양손 가득 선물을 들고 도심의 성탄을 만끽한다. 쭈꾸쭈꾸에 평온이 깃든다.

호의, 그 참을 수 없는 자발 없음

_ 오 헨리 「마녀의 빵」

아파트 로비에서 애완견을 앉고 엘리베이터를 기다리는
주민을 만난다. 강아지의 귀여움에 자연스럽게 얘기를 건
네게 된다. 하지만 어떠한 말도 해선 안 된다.
팬데믹의 기현상으로 '승강기 내에서 말하지 마세요'라는
문구를 게시하고부터는 주민들이 심지어 등을 돌리고 서
있는 모습을 본다. 안부, 인사말을 하지 말아야 하기 때문
이다. 귀여운 아가에게 예쁘다는 말보다는 말을 안 걸어주
는 쪽을 아이 부모는 선호한다. 친절한 안부 인사도 상대
가 코로나로 불편해한다면 차라리 거울에 모습을 비춰보
던지 게시판을 읽고 또 읽어 외울 때까지 읽는 편이 낫다.
'오 헨리의 마녀의 빵'에서 호의가 부른 낭패의 얘기를 떠
올려본다. 작은 빵집을 운영하는 40대 미스 마더는 종종
빵을 사러 오는 중년 남자를 흠모한다. 그가 딱딱한 빵만
사 먹는 것이 맘에 걸렸으나, 손가락 사이 물감 얼룩으로
보아 자존심이 센 화가로 생각한다. 그에게 맛있는 빵을
먹이고 싶은 나머지 버터 바른 빵을 그도 모르게 전한다.
하지만 그 행동으로 상대는 시청 설계 공모를 망쳐버린
결과를 낳았다. 그의 딱딱한 빵의 용도는 화가가 아닌 건
축설계사의 도면을 지우는 용도였다. 도면을 망쳐버린 버
터 바른 빵, 그는 미스 마더에게 죽일 듯이 "주제넘은 할
망구"라 일갈한다. 그녀의 일방적 호의가 상대에겐 치명적

인 거리낌이 된 결과다. 의도는 호의였다지만 "그 참을 수 없는 자발 없음"은 자성하고 경계해야 한다.

한편 공모는 망쳤어도 그녀를 재발견할 기회가 될 수도 있을 텐데 그녀를 죽일 듯 대하는 그의 회복탄력성은 유감이다. 살면서 베푸는 일방적 호의가 상대에게는 '마녀의 빵'이 될 수 있다. 호의가 좋은 의미라는 것은 틀림없다. 다만 호의를 써놓고 상대가 느낄 부담감이 떠오른다면 스스로 누군가에게 마녀의 빵을 굽고 있는 것이 아닌지, 자발 없음이 진정한 배려가 될 수 있게 자문해 봐야 한다.

장미, 별 그리고 낡은 껍질에 닿음

_ 앙투안 드 생텍쥐페리 「어린 왕자」

생텍쥐페리가 1943년 출간한 그의 유작인 어린 왕자는 전 세계에서 총 498개 언어로 번역, 출간됐는데 이는 거의 성경에 필적할 만한 숫자라 한다. 작가는 어린 왕자의 모습에 아내 콘수엘로의 짧은 곱슬머리와 머플러를 두른 모습을 그대로 묘사했다. 아내의 애칭을 장미라 했고, 까다로운 장미의 성격도 콘수엘로의 성격과 비슷했다고 한다.
이 책을 처음 읽었을 때는 사회 초년생으로 인생의 속도를 우선시했다. 더구나 전공 도서, 자기개발 도서에 밀려 사유와 성찰에 시선을 줄 여유가 없었다. 다만 코끼리를 삼킨 보아뱀의 그림이 현장의 설비(오실로스코프)를 볼 때 잠깐 떠올랐을 뿐이다.
수십 년이 지나 다시 읽은 책에서 나와 같은 모습을 발견하고 민낯을 들킨 느낌이다. 네 번째 사업가의 별에 고스란히 투영된다. 어린 왕자가 말한다.
"머플러가 있으면 목에 두르고 다녀요.
꽃이 생기면 꽃을 따서 가지고 다니고요."
라는 말에는 유구무언이다. 나는 머플러가 생기면 팔아 은행에 넣고, 꽃이 생기면 다시 팔아 은행에 넣었다. 물질적 소유를 쫓았던 편향에 어린 왕자는 말한다.
"어른들은 진짜 말도 안 되게 이상한 사람들이야."
자기 성찰을 하게 되는 대목이다.

작가는 어린 왕자가 만나는 장미, 7개 행성, 여우 그리고 뱀 등 동화 속 이야기를 시적으로 써 내려간다.

읽는 이에게 한 줄 한 줄 의미를 곱씹게 하는 이유다. 어린 왕자가 말한다.

"장미는 말이 아니라 행동으로 판단해야 했는데,

 장미는 내게 향기를 선물하고

 내 삶을 눈부시게 밝혀 주었는데,

 난 너무 어려서 장미를 사랑할 줄 몰랐던 거야."

작가는 무엇을 얘기하고 싶었을까? 사랑의 기술에서 말하는 사랑의 정서적 감정이나 느낌이 아니라 의지와 노력이 선행돼야 한다고 말하고 싶었을까? 상대의 까다로운 허영심과 자존심이 센 이면에 향기와 삶을 눈부시게 밝혀 준 존재의 본질을 꿰뚫어 보고 포용하라는 것일까, 화두를 건네받은 느낌이다.

상인이 갈증을 잠재우는 효과가 있는 신약을 팔고 있었다. 일주일에 알약 하나만 먹으면 물을 마시고 싶은 욕구가 사라진다고 했다.

"시간 절감 효과가 일주일 53분을 벌어준단다."

어린 왕자는 생각했다.

 '나에게 53분이 있다면

 천천히 샘이 있는 곳으로 산책하듯 걸어갈 거야.'

나라면 어린 왕자처럼 할 수 있을까? 나에게 53분이 주어진다면 나는 어떻게 할 것인가? 상인은 돈을 최고로 여긴다. 다른 사람의 시간을 절약해주면서 돈을 번다. 우리 사회에서도 많은 사람의 노력과 시간을 절감해주며 돈을 버는 사람들이 있다. 나에게는 오븐이 대표적으로 시간을 벌어주고 있다. 적어도 일주일에 53분 이상은 벌어줬을 것이다. 오븐으로 많은 시간을 벌었지만 나는 그 시간에 무슨 일을 하는 걸까? 스마트폰에서 그날의 주식 시장의 빨갛고 파란 숫자에 530분을 뺏기고 결과는 효과적이지 못했다. 지금은 책을 읽는데 53분을 할애한다. 삶이 한층 풍요롭다.

어린 왕자가 일곱 번째 방문한 지구에서 장미꽃이 만발한 정원을 보게 된다. 어안이 벙벙해진 어린 왕자는 매우 상심했다.

"장미는 자신이 우주와 자기 별을 통틀어 하나밖에 없는 꽃이라고 했는데, 이 정원에만 똑같이 생긴 꽃들이 5천 송이는 있지 않은가!

세상에 단 하나뿐인 장미를 가져서 세상을 다 가진 것 같았는데, 그냥 평범한 장미였구나,

어린 왕자는 풀숲에 누운 채로 잠시 울었다."

어린 왕자는 그래도 울음 끝이 짧은 편이다. 나라면 충격에서 쉽사리 빠져나오지 못했을 거다.

이순耳順과 근접해서야 알아가고 있으니, 숨은 이치를 깨치기는 참으로 어렵다. 화려한 5천 송이가 만개한들, 나와 같은 곳을 바라보고, 태양이 내리쬐는 사막을 횡단하고, 험준한 산을 넘어, 폭풍우치는 바다를 함께한 그중 한 송이의 의미를 다시금 깨닫고 있다.

작가는 여우와 어린 왕자의 만남에서 여우를 멘토로 등장시킨다. 여우는 말한다.

"마음으로 봐야 보인단다.

중요한 건 눈에 보이지 않거든.

네가 길들인 대상에 대해

넌 영원히 책임져야 한다는 걸."

읽는 이에게 중압감이 밀려온다.

내가 길들인 대상에는 먼저 가족이 떠오른다. 더 나아가 내가 자신을 길들인 것, 바꿔말해서 나의 신념 '수구초심'을 두드려본다. 처음 먹은 마음을 새겨 갈고 닦아, 유한함에 깃든 소중한 가족을 챙김으로써 책임진다 할 수 있겠다.

후반부, 노란 뱀의 존재다. 작가가 맺는 결말을 따라가 본다. 어린 왕자는 말한다.

"두 번째 물 땐 뱀의 독성이 없어지니까……,
내 몸은 버려진 낡은 껍질 같을 거야.
낡은 껍질은 슬플 게 없잖아……,"

읽는 이로 하여금 먹먹함이 남는다.

유에서 무로 가는 것이 자연의 섭리다. 나도 예외 없이 마침표에 다다를 것이다.

작가는 죽음을 단지 낡은 껍질에 비유한다. 참으로 명징한 표현이다. 내가 무로 돌아간들 지나온 궤적은 남는다. 그리고 내 후손에게 어떤 빛깔로도 투영돼 내 신념은 그 들의 뇌리에 맴돌 것이기에.

이 책을 이해하기 위한 탐구는 아는 만큼 눈을 틔우는 안경이 돼준다. 그렇다고 어린 왕자가 말하는 버섯의 의미, 눈물의 나라, 선로변경원등 모두 다 해석의 도움이 필요한 것은 아니다. 오히려 한 단락씩 또는 한 행성씩 떼어 읽고 각자의 느낌으로 상상의 나래를 펴는 것도 사유의 한 방법이기 때문이다.

이 점이 어린 왕자가 전 세대를 아우르는 매력일 것이다. 실로 명작은 비유와 상징을 통해 독자에게 사유의 여운을 선사한다. 살면서 삶의 좌표를 확인해보고 싶다거나, 혹은 진정한 관계를 위해 노력할 의지가 있다면, 이제 어린 왕자의 곁에 가까이 앉아 그의 얘기를 따라가 보길 권한다.

233

작가의 말

인생은 속도가 아니고 방향이다_ 괴테

뒤섞인 글 타래를 느닷없이 읽어대는 통에
난감했을 독자讀者1

데친 파로 퇴근 후
엉성한 문장을 연거푸 들어야 했던 독자讀者2

그 번거로움에
심심한 위로와 감사를 전합니다.

뜨겁게 공부할 수 있게
독려해주신 선생님께 감사드립니다.

사유의 시선에
시詩가 맺히길 꿈꿉니다.

2022. Zolle 태어난 달
엄마 사랑하는 딸
이더